S P R I N G

每一本好書都是一顆種子，
春天播種在你的心田夢土上。

Spring

S P R I N G

每一本好書都是一顆種子，
春天播種在你的心田夢土上。

Spring

S P R I N G

每一本好書都是一顆種子，
春天播種在你的心田夢土上。

Spring

S P R I N G

每一本好書都是一顆種子，
春天播種在你的心田夢土上。

橘子作品27

Loneliness won't hurt

橘子。序

這本書基本上延續了寂寞美學的元素，然而卻完全脫離了以往橘書慣用的寫法，以書中五位曾經交過心、後來卻離散了的好友，透過他們的角度和眼睛、各自表述那段共同深刻過的青春過往以及不再與彼此交會的今日生活；愛情確實依舊是整段故事的關鍵點，不過卻淡化到幾乎只是必要的存在，取而代之的，是書中人物的友情與青春歲月佔了整本書的比重，或者應該說是，他們那段跨世紀的友情，以及彼此之間失落了的現在、與成長。

關於這點，確實我是刻意的，無論是把故事裡愛情的成分淡化，又或者是完全脫離以往的故事架構；與其說是我自己厭倦了被橘書既有的框架限制住書寫的方式，倒不如直接說是，我懷念起最初那個、面對橘字的自己。

故事的靈感是來自於那個時期的我、身邊要好的朋友。

我們曾經在現實生活中日日夜夜的黏在一起，玩也一起，傻也一起，我們後來重新恢復聯絡於網路，我們驚訝彼此各自的改變，我們懷念那些被留在過去單純的美好，我們感嘆青春歲月的毫無畏懼以及不怕丟臉，尤其是居然那麼不害怕丟臉；我們幾乎都想不太起來後來是怎麼慢慢失去聯絡、不再聯絡，我們很多時候甚至都有點忘記過去的自己曾經是怎麼樣的一個人，那些想要拜託對方乾脆忘掉的回憶和幼稚話語甚至是丟臉照片，後來都變成了其實還滿好笑的青春回憶。

我們都知道彼此已經變成是各自回憶裡曾經要好過的朋友，老朋友，而老朋友永遠是幫忙補白以及保存回憶的共同體。

故事的章節以這幾年來不同的網路時代串起，從最初的BBS到如今的WhatsApp（六年級生還有人記得曾經所謂的上網是只有BBS和網路聊天室的年代嗎？謝謝我的同學回顧了這件事情，害我驚訝到整天說不出話來）（還有七年級生應該也還有人記得，我們曾經使用過的、究竟該如何自拍的傳統相機）佐以這幾年來不同型態的咖啡館：二十四小時不打烊的咖啡館幾乎被便利店的現煮咖啡取代，以及曾經算是稀少的星巴克，還有這一兩年越來越普遍的早午餐咖啡館；還有五月天的歌曲和每年他們陪我們度過的跨年，從不缺席的這十個跨年。以及，是的，從開場白貫穿到最終章的那張舊照片。

最後，橘書裡永恆不變（也不打算改變）的是，書中的故事情節和人物角色都是虛構的，是的，當然。

開場白

照片裡的我們，都還年輕得不像話

而那時候的我們，都還是快樂的。

我有一個希望，我希望照片裡的我們五個人，能夠再聚首，或許吃頓飯，或許喝杯酒，不管是什麼，都好，眞的都好，重點是我們五個人，能夠重新待在一起，坐在彼此的桌子對面，陪著彼此，說幾句話。或許乾脆什麼話都不要說，就這麼安安靜靜的陪著彼此待一會兒，讓一切都盡在不言中。

我們五個人。

不見得必須要像十年前那樣感情深厚，天天見面，不管想吃什麼想喝什麼想玩什麼首先想到的都是其他四個人，第一順位；因爲感情是會變淡的，我知道，會劃下句點的從來就不只有愛情而已，友情也是，尤其是。

我想起十年前我們五個人最後見面的那一天，其實彼此之間的感覺就已經開始疏離得不復從前，那天的我知道，感覺到，那天的我們五個人都知道，都這麼感覺到；然而我們都沒有阻止這情況變糟，我們反而就是讓它這麼發生，自然變化，彷彿感情的演變、本來就該這樣似的。

說起來算是悲哀，回想起來也是，可是我們又能怎麼樣？而最悲哀的，或許就是這一點也不一定；怎麼說怎麼做都於事無補，反而還只會讓情況變得更糟、加速惡化，當感情註定是要劃下句點的時候。

死掉的感情，死掉的愛情，死掉的、年輕過的我們。

如果可以的話，我眞希望那天能夠帶個相機在身邊，爲我們五個人拍幾張名曰句點的合照，或許這麼的話，就算是悲哀、也能算是詩意的悲哀，這中間是有絕對性的不同，我是這麼相信的。很多事情我們總是以爲往後還有機會，很多的人我們總是以爲很快就會再見，然而實際上並不是這樣的，並不是。

實際上那天的見面爲的就是交換照片，照片的場景是峇里島的旅行，主角是我們五個人，時間是畢業的兩年之後，我們取名爲畢業再旅遊的峇里島之行，因爲彼此生活圈已經全然不同、差點就無法成行的峇里島之行。

而此刻我眼前就凝望著這張我們五個人最後的合照，手邊擱著的是威士忌蘇打，耳邊我聽著的是五月天的〈你不是眞正的快樂〉這首歌，時間是我剛從惡夢中驚醒過來的凌晨一點過後，而照片裡的我們，都還年輕得好不像話。

這世界笑了　於是你合群的一起笑了
當生存是規則不是你的選擇　於是你含著眼淚飄飄盪盪跌跌撞撞的走著

你不是眞正的快樂　你的笑只是你穿的保護色
你決定不恨了　也決定不愛了　把你的靈魂關在永遠鎖上的軀殼

詞／曲：阿信

在這個只點了一盞夜燈、只有我獨自一個人的旅館房間裡，我任由五月天的這首歌逼出心底深處那無以名狀的哀傷滲進回憶的根底、漸漸具體的鮮明，定定的凝望著眼前的照片，而我只是在想：我有一個願望，我希望照片裡的我們五個人，能夠再聚首。

然而這並不是多麼困難的願望，這甚至是個只消拿起手機、撥通電話就能夠實現的願望，然而這十年來，我卻始終都沒有這麼做，不知道爲什麼，就是沒有辦法這麼做，沒去做。

最悲哀，就是這一點。

搖搖頭，我把照片重新擺回床頭櫃，我把手邊的威士忌蘇打喝乾，然後閉上眼睛，試著看看能不能流出一些眼淚，讓自己好過一點。

寂寞BBS

妳永遠不會知道我有多愛妳
這是對妳的懲罰
抑或
對我自己的懲罰？

第一章

我看著黃浩琳的名字從我的手機裡響起，而時間是下午三點鐘，當下我真不知道是該生氣還是該苦笑，又或者就該直接的掛掉；足足晚了一整天響起，這黃浩琳的電話。

昨天的此時此刻，我按照我們的約定準時出現在校門口等他，然後足足空等了半個小時之後才終於放棄，或者應該說是：在足足空等了黃浩琳半個小時之後，我才終於說服自己接受被他晃點了的這個事實。在那半小時的空等待過程中，我撥了他的手機號碼二十次超過，然而卻沒有一次被接起，他沒有接手機，也沒有回電話，直到整整二十四個小時之後的現在。

什麼樣的人會存心約了老朋友見面卻又故意不出現？黃浩琳是這樣子的人

嗎？我相當努力的回想著，不過就算是想到頭都痛了也沒用，只想起我跟他其實算不上熟，儘管那些年我們總是五個人玩在一起、集體行動，然而對我而言，他其實比較像是朋友的朋友、或者就直接說是羅婈的男朋友。不過無論如何，那些年我們是五個人的小團體沒錯，只是身處於那樣的小團體、也打從心底喜歡他們四個人、我們五個人，不過在那幾年裡卻總是會有一種奇異的感覺是：多出來的人是我。對於他們而言，或許我只是個附屬品也不無可能，大晴的附屬品，我，朋友的朋友，對於他們而言。

於是，先離開的人是我。

而我一直以爲這些年來他們四個人依舊保持著密切的聯絡，只是少了我這個多餘者、附屬品，有可能黃浩琳和羅婈早已經結婚，更或許黃大晴和許佑瑋終究會從朋友變成情人，於是當我淡出他們的生活圈之後，他們就這麼順理成章的變成兩對couple，我甚至還可以具體的想像出他們將會是玩樂派的兩對雅痞夫妻；然而那天和黃浩琳通上電話之後才發現原來並沒有：他和他們三個人也失去了聯絡、在我們五個人最後一次見面之後，台中美術館前的小義大利餐廳，我記得清清楚楚，還是記得好清楚，那天。

我們五個人最後見面的那一天。

而他似乎也以為我們四個人還保持著聯絡，而這就是黃浩琳找上我的原因：因為我們四個人之中，就屬我最好找了。畢業之後我順利應徵上學校的系助；這是我們最後一次見面時我的情形，而十年之後我依舊是在同一個學校甚至是同一個辦公室同一張桌子前做著同樣的工作，變也沒變，這十年。

於是那一天，黃浩琳打了電話到學校，懷抱著試試無妨反正也不無可能的心情、說是要找一位名字是柯杏芙的職員，接著電話經過幾次轉接，就這麼，我的桌上電話響起，然後，十年不見的我們，重逢。

『在網路時代之前就失去聯絡的朋友，要找回來簡直就像是海底撈針那樣的困難。』

雙B年代，BBS和BB call。我記得那天在電話裡，黃浩琳煞有其事的這麼感慨著，或許這就是我們這世代人共同的感慨也不無可能；我也記得在電話的末了，黃浩琳以一種即便是我們感情最要好的那幾年也從來沒有過的熱絡語調，說：

『突然出現、說想見面實在有點突兀，不過請妳不要胡思亂想，不是想要推銷妳房子或保險、或者是因爲要結婚了想要炸妳紅帖子，還是說得了什麼戲劇化的重病，所以想要在生命的最後把生命中曾經重要過的每個人都找回來，不是這樣的。我就是突然想起你們，突然很懷念我們五個人總是瞎攪和在一起的青春歲月，然後如果可以的話，眞的眞的很希望我們能夠再重聚，這樣子而已。』

生命中曾經重要過的人。

我注意到他清清楚楚的說出這句話，我當下的感覺是驚訝，眞的好驚訝我竟然也被他歸類到生命中的曾經重要過的人。

驚訝

回過神來，我的手機鈴聲停了，可能是被轉入語音信箱了吧、就像我昨天的遭遇那樣，不知道黃浩琳會不會留言呢？才這麼想著的時候，手機又響，而響起的人依舊是黃浩琳；於是這次我終究還是接起，我漸漸有點回想起他曾經是怎麼樣的人，不過我知道我不是他那種人，以前不是，現在也不是。

我把昨天就預先準備好的開場白在此時道出，我說：

「嘿！我們在手機普遍化之前就認識了，然而這卻還是你第一次打我的手機呢。」

手機的那頭沉默。

他為什麼沉默？他特地約了人見面卻又不出現，而現在他還特地打電話來表演沉默嗎？他怎麼了？

「你是不是記錯日期了黃浩琳？把昨天記成今天？」

依舊是沉默了好一會兒之後，手機的那頭才終於傳來聲音。我聽見她說：

『我不是黃浩琳。』

「抱歉。」

原來如此，原來從頭到尾都只是因爲我當時抄錯了他唸的手機號碼！原來都是我的錯；可是他呢？他也是嗎？但他還是沒有道理不出現，因爲我們在電話裡是那麼慎重地重複確認了好幾次下午三點鐘在校門口見面，他——

「抱歉我昨天打了那麼多通電話打擾了，我以爲這手機號碼是我的朋友——」

『不，這是黃浩琳的手機沒有錯。』她果斷地打斷我的話，但隨即卻又沉默了下來。『我是他女朋友，』我聽見她接著說。她的這句話像是魔法一樣、讓許多對於黃浩琳的陳舊回憶瞬間清晰地湧現。我慌張的解釋：

「我不、我只是他的一個老朋友，朋友的朋友，我們甚至好幾年沒見面了。」

而她立刻意會過來我指的是什麼，她趕緊說：

『不不，不是妳以爲的那樣，我是……天哪！我眞的不知道該怎麼解釋這一切。』

我也不知道，我於是安靜下來讓她慢慢的梳理思緒，並且聽著她試著盡可能清楚地說起這整件事情的前後經過，這突然的約了見面卻又不出現的前後經過，這黃浩琳。

所以妳就是他提過在你們學校裡當系助的柯杏芙對嗎？她問，而我說對。我接著想問她的名字怎麼稱呼，然而她卻已經開始明快的自顧著往下說；強勢的女人，我分心想到，可是很奇怪的是，我試著想像一張臉孔以搭配此刻耳邊她的聲音和語氣，我以爲我會在腦海中浮現羅婈的臉孔，然而此時我想起的卻是大晴的姿態，當這個她在手機的那頭說著關於黃浩琳的時候，我首先聯想起的臉孔、竟然是大晴。

我聽著她說：

『是我鼓勵浩琳這麼做的，他經常提起你們那一段時光，他一直嘀咕著想要這麼把大家都找出來重聚但卻又猶豫著在多年之後突然這麼做會不會很奇怪？他是個很鑽牛角尖的人，他——』

她突然又沉默了下來，捉住這個沉默的空檔，我告訴她：

「可是他沒來，我們約好了昨天在校門口見面，然後我會帶他去圖書館翻查畢業紀念冊，或許他還會等我下班再一起吃個晚餐敘舊什麼的，可是他沒來，他沒有出現也沒有打個電話知會一聲、他甚至沒有接電話。我不知道他怎麼了。」

『他不見了，消失了。』

「什麼？」

『我們本來計畫好了這兩天要去旅行，旅行的主題是回憶，旅回憶，把他的回憶變成我們的回憶。』她說，她彷彿一鼓作氣的快轉說道：『可是現在是暑假，而我的工作沒有辦法請那麼多天假，於是我們說好了昨天他先來高雄找妳，接著舊地重遊、四處走走看看，然後我今天下班之後再搭高鐵和他會合。』

可是他不見了！

她急促的丟出這句話之後，彷彿才終於意識到自己的呼吸已經亂了套，連續做了好幾次暴烈的深呼吸以調整她的過度換氣之後，接著她依舊以失控的快速度說道：
『他應該是昨天上午開車出發，他確實是昨天上午開車出發，因爲他出門前我還在家裡準備上班所以我是親眼看著他離開的沒有錯，然後接著我所知道的事情就是他不見了！我不明白在那之後發生了什麼事情我一直好擔心他會不會是在途中出車禍了什麼的可是他沒有，我會知道是因爲旅館今天打電話到家裡來說他提早退房而且他的手機忘在房間沒有帶走，於是我現在人在這裡試著弄清楚這究竟是怎麼回事。我可以見妳一面嗎？』
她突然下了這結論這要求而我一時反應不過來，我不明白她爲什麼要見我的面？我並不認識她也甚至沒有見到黃浩琳，我——
『我反正人已經在高雄，而且明天也已經請了假，方便的話我們就約在那間咖啡店好嗎？我指的是那家以前你們常去、位於二樓的咖啡店。』
「我知道。」
『我可以開車過去載妳。』
她的語氣裡有一抹客氣但卻不容許被拒絕的意味，我再一次搖搖頭試著甩掉大晴的臉孔，然而卻徒勞無功；她們都是習慣了命令別人的王者性格，她們習慣了自然地把請求說成命令句，而她們身邊的人也通常習慣了這麼被對待，否則她們怎麼會養成這種性格呢？不是嗎？

「好。」

我聽見我說好。

在放下手機的同時，我感覺有種被回憶襲擊的疲累感，我感覺自己好像又重新變回了從前那個多餘的柯杏芙；我努力的搖搖頭，試著告訴自己不要想太多。

儘管當黃浩琳找上我的那一刻，我就該知道，回憶早就不請自來，還風雨欲來。

我把那間咖啡館的位置相當仔細的告訴她，然後問了他們下榻旅館的地址、接著過分詳細的告訴她怎麼開車會比較順路雖然可能會多走一些路，我還告訴她那咖啡店的附近哪個方位會比較好找停車位，我想我之所以囉嗦這一堆可能只是單純的因爲緊張；我已經好久沒有和陌生人單獨面對面吃飯，更別提我們可能即將會有的對話以及我們之所以見面的原因。

當我察覺自己的話語已經變成是無意義的叨絮之後，我告訴她我自己騎車過去就可以，因爲實際上那咖啡店離我現在住的公寓不遠，早些年的時候我甚至還會特地繞幾條街去到那咖啡店打發晚餐和下班之後的空白時間。不過我已經好幾年沒有這麼做了。

這間位於二樓的不顯眼的老舊咖啡店當初是大晴發現的，她先是自己去了好幾次之後，接著我也跟著她去，而最後之所以變成我們經常窩著的據點、老地方，則是因爲黃浩琳很喜歡這裡特有的舊時間氛圍。

『似乎可以把所有的一切都靜止在這裡沉澱的感覺。』

我記得他曾經這麼說過。不過前幾天我們約了可能一起晚餐的時候，我壓根沒有想到要把這回憶裡的咖啡店列入考慮的名單，直到她今天主動提起才又重新想起這被遺忘了的咖啡店；我不知道原來黃浩琳還記得這裡，甚至還向他往後的朋友提過。我眞的能夠算是認識他嗎？我突然荒謬的如此懷疑。

我提早了十分鐘左右赴約，不過她似乎來得更早，我看見她桌上擱著已經空掉的餐盤以及喝了一半的果汁，我拉開她對面的椅子，然後自我介紹。

『妳怎麼一眼就認出是我？』

她驚訝的問，而我則忍住沒說：因爲妳長得很像大晴，或者應該說是，妳們就是同一類型長相外表的女人，她們甚至同樣有對好甜美的小梨窩在嘴邊。我想像如今的大晴或許就是她現在的模樣吧。

我們看來年紀應該相去不遠，或許她還小我們幾歲也說不定。

「因爲這裡只有妳看起來像是在等人的樣子。」

結果我回答她的是這個，然後我迅速的點了餐，在等候送餐的同時，尷尬的空白從我們這對初次見面的陌生人桌邊蔓延開來；我忍不住想像假設昨天黃浩琳赴約了而我們也一起晚餐的話，氣氛會不會就像現在這樣？

我們畢竟從來沒有單獨相處過。這麼說對嗎？

當服務生把我的餐點送上的同時，她也打破尷尬，說：

『抱歉這麼臨時把妳約出來，希望沒有耽誤到妳的時間。』

「不會，現在是暑假，而和妳相反的是、我們滿閒的。」

所以我昨天才能夠有時間在校門口空等了他半個小時。而我忍不住會想：如果有一天我也不見了突然消失了，會不會有人像她尋找黃浩琳那樣的找我呢？

搖搖頭，我問她：

「妳找到他了嗎？」

她搖頭，一副不想說或者是不知道該從何說起的空洞表情；這空洞的表情讓我感覺到幾乎就要窒息，於是換了個話題，我推薦她：

「這裡的冰咖啡很好喝。」

我把大晴當初在這裡對我說的第一句話告訴她，我以爲她的反應會是像我當初那樣、疑惑的反問：冰咖啡？妳說錯了吧？是黑咖啡才對吧？然而她沒有，她依舊空洞著表情和反應。她本人不像電話裡那樣強勢逼人，她此刻不像大晴反而比較像羅婈。

「因爲是冰滴壺煮出來的冰咖啡。」

『謝謝。』她終於靜止的空洞狀態恢復過來，說：『不過我有先天性的心臟病，所以不太能夠喝咖啡，連茶也不太喝呢。』

她一邊說著一邊作勢用手捂著心臟，我注意到她無名指的空白，我忍不住直接的問她：

「你們結婚了嗎？」

『沒有，』說完，她立刻更正，『還沒。怎麼問？』她不等我的回答便立刻自問自答了起來：『對對，我在電話裡提到我們的公寓。』

那其實是她的公寓。可能是意識到我們之間對話空白的尷尬，於是她開始就著這件事情認眞的解釋：那其實是她買下的公寓，不過後來黃浩琳搬了過去和她同住，小小的兩房公寓，早知道當初是應該買標準格局的三房兩廳才對，因爲他們的東西實在太多、多到沒有空間收納了，不過她當初買下的時候又怎麼會知道往後將不再會是孤單一個人呢？

『我大浩琳三歲，我們交往了五年。』

「看不出來妳比我們年紀大。」

我眞心的說，然後換得她一句客套的謝謝。

『我沒想過這咖啡店是這個樣子，只知道它老老的舊舊的，不過……嗯，可能是我把這裡想得太美好了吧，它和我想像中的很不一樣。』

也可能是黃浩琳把這裡述說得太美好了吧。這裡很單純的就是一家破破的舊舊的、越來越老的、老到令人忍不住替它擔心究竟還撐不撐得住同時卻又意外它竟然還在撐下去的老舊咖啡店罷了；眞是搞不懂大晴和黃浩琳當初爲什麼這麼喜歡這咖啡店。

「黃浩琳經常提起這裡嗎？」

『嗯。』她聲音低低的說：『我們本來就約好了今天晚上要在這裡晚餐，我本來以爲……』

「嗯？」

『我本來以爲他會在這裡跟我求婚，他——』

她哽咽的把話打住，我原本以爲她會哭出來，可是她沒有，她忍住，這勇敢的女孩，這一點她像大晴不像羅婈。

換了個盡可能可以轉移她注意力的話題，我說：

「他現在做什麼樣的工作？」

她搖頭，而我的反應是疑惑。

『他現在沒有工作，他其實一直沒有工作，起碼我認識他的這五年來是這樣，不過妳不要誤會，不是妳以爲的那樣，他有收入，我們的房貸是我支付不過所有的生活開銷是他負擔的沒錯，只是……是的，我不知道他的收入來源，不過我很確定浩琳並沒有在工作。』

妳知道浩琳他家裡是做什麼的嗎？

她接著問，而我聽到了可是我回答不出來，我甚至無法判斷這是一句疑問或者是一段敘述的開場白？我不知道黃浩琳的家庭背景，實際上我對於他們四個人的家庭背景完全都一無所知；當我們都還太年輕的時候，這其實並不怎麼重要，重要的反正盡是些眼前看見、耳邊聽見、身邊遇見的小事，天眞的小事，男生愛女生的小事；並且除非是對方主動提起，否則我們很少會想要主動去問，起碼我自己是這樣子的。

我只模模糊糊的記得，許佑瑋好像是來自單親家庭，因爲他逢年過節都不是回家去過，並且他的一切都是靠他自己，包括經濟來源。那麼大晴和羅婈呢？記憶的畫面源頭依舊是許佑瑋，許佑瑋曾經說過大晴感覺好像有錢人家的千金，而大晴當時笑得誇張的說：哪有啊！我家窮死了。不過當時她口中的窮死了、指的究竟是什麼呢？這個月買太多衣服了所以沒有多餘的錢吃大餐嗎？或許吧。那麼羅婈呢？她從高中開始就兼差當模特兒直到大一那年，所以她的收入應該不錯吧？但是仔細回想起來好像並不是這樣，她的家在九二一那年好像受到了損傷，印象中好貴喔這三個字是她的口頭禪。

我眞的了解過他們嗎？而他們呢？他們又眞的了解過我嗎？

當我回過神的時候，我聽見她已經在說：

『可以和我聊聊妳記憶裡的黃浩琳嗎？』

「嗯？」

『我想知道十年前的黃浩琳，是什麼樣子的人。』

「那重要嗎？都已經是過去的事了不是嗎？」

她點頭同意，但接著卻說：

『妳會不會也時常有這種感覺：有時候我們自以爲了解一個人，也確實熟悉著對方生活上的一切，可是往往，那只是他有意無意表現出來的一個面相，那只是他的一個時期，包括著過去式的現在式。』

所謂的了解並不存在，我們從來就不可能完整的了解一個人，愛人是這樣，有時候連親人甚至是父母也是。我想起大晴曾經在校刊寫過的這句話。

我聽見她繼續問著：

『可以告訴我，過去的浩琳是什麼樣的人嗎？我好想知道他是如何從過去的那個浩琳變成了現在的這個他。』

而我呢？如果有人也這麼問起的話，得到的答案會是什麼呢？喔，她還是十年前的那個柯杏芙，一點改變也沒有，做同樣的工作，租住同一間公寓，連體重都沒有增減一公斤的那種完全沒有變，孤孤單單的一個人，她總是孤孤單單的一個人。

這麼說對嗎？所謂的了解眞的存在嗎？

把玻璃杯裡的冰咖啡喝乾，我沙啞著聲音試著開口，我沒想到我會眞的這麼開口說，我沒想到我會把這個在心底擱置了這麼久的祕密告訴別人，尤其是眼前這個陌生人：黃浩琳現在的女朋友。

我沒想到關於過去的黃浩琳是怎麼樣的一個人、首先我告訴她的會是這個。

「他是我第一個男人，那是我們第一次也是最後一次那麼做，所以這其實稱不上是背叛羅婕，而他們三個人也從來沒有發覺；我很害怕，這是我這麼做的原因。而他呢？我不知道。我其實只是認得他，但並不認識他。」

可是我看過他的另一面，在BBS上，他不是現實生活中的黃浩琳，而是一個名曰face的ID。

第二章

那簡直就像是上個世紀的事情了，而那確實也是上個世紀的事情了。

那是一九九九年的最後一天，那天黃浩琳開車載著我們北上到台北市政府參加跨年倒數的活動，那都是我們五個人的第一次跨年，那是倒數跨年正要成爲全民運動的開始，而這簡直就已經是全民運動的瘋跨年將會在四年之後、台北一〇一落成時達到顚峰。

只不過當時我們主要的目的是看五月天的現場演唱。

當時候的五月天才剛從地下樂團轉型成爲主流樂團正式出道一年多一點而已，才發行了一張專輯和一張演唱會紀錄，才正要爲往後台灣的樂團史開啓嶄新的一頁；那時候的許佑瑋則是早已經熟悉關注了他們好久好久。

『從五月天還沒正式出道之前，我就已經開始跟著他們了，台灣樂團野台開唱，你們知道這是什麼嗎？』

我們不太知道，而且我們也不太想聽他說，因爲這種話題只要被許佑瑋一打開就會沒完沒了。

『我的台語就是聽五月天的歌學的，〈志明與春嬌〉有沒有？』

黃浩琳說，然後開始唱了起來，不過沒用，因爲許佑瑋才不管他、依舊以一種政客演講的狂熱態度沒完沒了的往我們耳朵裡倒進一缸子他所知道以及所參加的地下樂團音樂史。

『那你們知不知道，在台灣第一個把跨年當成活動來舉辦的人是誰？』

像是很高興大晴開啓了這個新話題、成功轉移許佑瑋的細說從頭那樣，黃浩琳開玩笑似的搶著回答：

『該不會就是我們等一下要去的台北市政府吧？』

『還眞答對了你！不過嚴格說起來，是陳水扁和他的幕僚。夠驚訝吧？』

『是啊好驚訝，可是、誰在乎這種事啊？妳滿腦子都搜集這一堆資訊幹嘛？』

『這就是我跟你們的不同：我是讀書人，而你們只是死大學生。』

『最好是啦。』許佑瑋不服氣的接著問：『那，請問讀書人，跨年究竟是要慶祝什麼倒數啊？那爲什麼每年的六月三十號不來倒數一下啊？』

『誰想要爲你的生日倒數啊？』

『那中秋節倒是爲什麼要烤肉啊？』

大晴反問他，而許佑瑋則是被問倒了的呆著，於是大晴好得意的解說：

『一開始只是因爲一個烤肉醬的廣告啦，一家烤肉萬家香的那個烤肉醬，這廣告在當年的中秋節之前播出，沒想到後來就變成中秋節大家都要烤肉了這樣。』

『嘩～～那——』

接著他們就開始元宵節、端午節……沒完沒了的照樣造句了起來，扯到了最後話題就像是當時這地球上的每個人在那陣子都會聊起的那樣，他們開始聊起世紀末日謠言以及千禧蟲危機。

『如果不是因爲跟你們約好了，我就會去買張今天晚上的機票，看看電腦是不是眞的那麼白痴的被千禧蟲搞得當機然後害飛機墜機。』

許佑瑋接著黃浩琳的話題繼續說：

『我是比較擔心我銀行那一百萬存款，聽說電腦也會無法辨識什麼進位什麼的——』

『你的一百萬存款？這話被你講來也太令人傷心了。』

大晴笑嘻嘻的玩笑著。

『喂、妳！』

就這麼扯啊扯的鬧嘴炮、他們，他們三個人，而我和羅婕多半只是當聽眾而已；扯完嘴炮之後，他們開始正正經經的聊起世界末日，他們都同意儘管今天是這世紀的最後一天，不過絕對不可能像世紀末日預言那樣、同時也是這世界的最後一天。他們說著說著又開始興高采烈的嘴炮著：

『關於世界末日的謠言我真的是聽到耳朵都要長繭了，自從一九九五閏八月因為年幼無知所以太相信那絕對就是世界末日沒有錯了，於是鼓起勇氣向當時候暗戀好久的學長告白被拒絕之後，我就再也不相信任何世界末日的預言了，就算是真的預言也不要再相信了！』

「妳說的是我們學校那個染頭髮的僑生嗎？」

『啊、糗了，我又忘了我們也是高中同學。』

大晴老是這樣，我很討厭她總是喜歡把我撇得一乾二淨的說法，儘管只是開個玩笑；我小心翼翼的收拾起受傷的情緒，若無其事似的問：

「原來妳喜歡那一型的喔？」

『哪一型？』

羅媫好奇的追問，而大晴則是敷衍的擺擺手：

「唉～別提了，還好是被拒絕，否則依學長的紀錄，我現在也很可能當媽媽了，大學生媽媽，哈～～」

把話題帶回剛才的世界末日預言，許佑瑋說：

『今天怎麼可能會是世界末日嘛！電影早就告訴我們了啊！眞的是白痴才相信。』

『哪部電影？』

『怎麼說？』

『就那一部老電影《回到未來》啊，男主角就是從二〇一五年回去的，所以我們起碼可以活到二〇一五年沒問題啦！』

『你白痴喔。』

『二〇一五年……』大晴皺著鼻子扮了鬼臉：『還有十五年，那時候我們都三十好幾了，好老喔～～』

『不會啦妳——』

『乾脆你們三個坐後面好了，這樣比較好聊天。』

打斷黃浩琳、羅婕突然丟出這句話，而氣氛立刻僵了起來，黃浩琳則是明顯很不高興也很不客氣的質問：

『妳突然的鬧什麼彆扭啊？』

『因爲你一直不專心開車、一直回頭和大晴講話，我覺得我們很可能會因此出車禍死掉。』

『那也好啊，不能同年同月同日生，但願──』

『喂喂、別鬧喔，我晚上還要去看五月天，起碼讓我活到十點過後再死吧？』

『所以我說乾脆換我開車好了，你們三個坐後面啊。』

『我不要坐女人開的車。』

『好啦你們！情侶吵架。』大晴按捺不住、一字一字的說出這句話，接著伸了個懶腰、換了個話題：『下個休息站停車，我要尿尿。』

跨年，倒數。

當我們隨著市府廣場的每個人集體嘶吼著倒數、共同邁向新世紀的這一刻，大晴高舉著她手中的啤酒罐，歡呼：

『敬我們！跨世紀的友情！』

『歡迎新世紀！我愛我們五個人！』

『我愛五月天！我要賺大錢！』

『等一下我開車，你們這三個酒鬼。』

『敬我們，跨世紀的友情。』

我說了剛才大晴說的這句話，然後學她把鋁罐中的啤酒一飲而盡，苦苦的啤酒頓時滿溢我的口腔我的喉頭，我不明白他們爲什麼都愛喝啤酒呢？

「因爲隔年我們都已經畢業回台中，所以下一個跨年我們在台中過，是一家如今已經倒閉的夜店，店名忘記了，只記得聽說是毒品還有幫派惹的禍；不過那年代除了入夜之後會有很多喝醉的人之外它還算乾淨，而且在倒數結束的那一刻，店裡所有的人都會和身邊人擁抱，認識的、不認識的，不管。

「那天晚上因爲不用開車的關係，所以我們喝得很茫很盡興，我們搖搖晃晃的走出夜店門口的時候，還對著馬路上每一輛行駛經過的車子鬼吼鬼叫著倒數，一次又一次倒數，很嗨，很瘋，很好玩，很難忘的一個回憶。

「然後再下一個跨年，我們決定去峇里島過，那是我們最後一次一起共度的跨年。」

『連同我和他的五個跨年，我們總共佔據了黃浩琳將近三分之一的歲月。』

「是啊，我們一起從十幾歲變成二十幾歲，而你們——」

『而我陪著他從二十幾歲變成三十幾歲。青春哪，就這麼被跨過。』

「呵。」

『不過我認識的黃浩琳，已經開始不再願意擠在人群中跨年，他甚至不再喝啤酒了，他喜歡喝威士忌蘇打，他總是喝那個。』

「他會回來的。」我安慰她，雖然無憑無據，不過我依舊篤定的告訴她：「可能等一下妳回旅館的時候，他人就坐在大廳的沙發上等妳了。」

『也可能下一分鐘我的手機就會響起他打來的電話，誰曉得呢。』

「是啊。」

『所以呢？妳還是沒有提到face，那個網路上的黃浩琳。』

「我不知道我是不是眞的很想說，而且我也不知道該怎麼說才好。」

『但妳想放下它了不是嗎？一直擱在心底藏著它，顯然不是個放下的好辦法。』

我想，她說得對。

那是BBS席捲校園的年代，那是網路開始接管我們生活的起點，那是網戀還沒開始登上社會新聞的單純歲月，而經典的網路小說《第一次的親密接觸》就是那時代下的產物；每個女學生都幻想著能在BBS上邂逅她專屬的深情痞子蔡，而每個男學生則期望著能夠擁有他專屬的輕舞飛揚，那是我們這世代學生的《未央歌》版本，如今回想起來確實就是這樣沒錯。

只不過我並不是因爲想要擁有網路戀情才開始BBS的，我是因爲寂寞，或者應該說是，因爲大晴。

當初是大晴先開始玩BBS的，而我一直無意跟進，直到有天我忍不住問她：和那些虛擬的ID聊天不是很浪費時間嗎?而她直率的說：對！

接著她說：

『可是那是一個可以寄放心事的好地方，就是因爲雖然我們聊得很來可是卻又完全不認識對方，並且在現實生活中沒有可能會遇見彼此，所才更能夠放心的把心事洩露。』

「妳有什麼心事嗎？」

『喔，很多很多。妳沒有心事嗎？乖乖牌？』

有，當然有，就是妳啊、我的心事。

我的心事。

我和大晴從高中就開始是同班同學了，一開始我們兩個人還滿要好的，大概純粹只是因爲我們的座位正好在前後座吧，之所以會這麼想，是因爲學期到一半左右的時候，大晴已經找到屬於她的另一個小團體，有點類似我們這五人小團體，而差別只在於那團體裡都是女生；看得出來她和她們相處更契合而且過得更快樂，有時候我會感覺到大晴對我投射過來感覺到抱歉的眼神，那眼神好像是在說：就這麼把妳甩開眞對不起，不過我眞的比較喜歡現在這幫的好姐妹，我也很想讓妳加入我們，可是妳總是一副和誰都格格不入的模樣，這我幫不了妳。

這尷尬狀態直到高二開學我們班來了個轉學生、而她和我立刻成爲好朋友爲止才漸漸的消失。而且我感覺到大晴因此鬆了口氣，不是我敏感，眞的不是我敏感。

我們的友情直到考上同一所大學而且又夠緣分的同科系又同班級才又恢復；那時候的關係是這樣：大晴和羅婈一拍即合的成爲好朋友，接著是羅婈的男朋友黃浩琳也因此經常出現在我們的聚會裡，然後是黃浩琳的好朋友許佑瑋也是如此。我記得那時候我還一直很擔心這一次會不會又被大晴拋下，不過這一次並沒有，或許是因爲她基於我們同是人在異鄉求學所以認爲不能夠再拋下我吧，也有可能只是她覺得身邊有我這麼個聽眾也不錯吧，然後我還可以在羅婈和黃浩琳單獨約會時當個備胎也好吧、我想。

那時候羅婈不知道怎麼的異想天開要撮合大晴和許佑瑋，這讓我更加具體的感覺到自己是多餘的存在、在他們之中，我知道相較於他們而言、我確實是個無趣的乖乖牌，而他們之所以把我也納入這五個人的世界裡，完全只是因爲我是大晴的高中同學，而我總是像個影子似的黏在大晴身邊、這樣而已。

我覺得很寂寞，寂寞得無處可逃，卻妄想著寂寞裡逃。

我於是開始學大晴在BBS上註冊了ID，接著，就這麼一頭栽進了這個虛幻的網路世界裡；我刻意選擇學校的BBS是因爲我知道在這裡不會遇見大晴、而這正是我所需要的，我開始遇見幾個可以聊得來的ID，尤其是face；我們對於彼此一無所知，然而我們卻投緣得像是早已經認識；我開始告訴他好多我以爲我並不在意但是直到傾訴之後我才發現原來我很在意的心情，大小心事，我告訴他關於我心目中我視線裡的黃大晴。

「我一直以爲我愛她，我很害怕我是眞的愛著她，我不知道同性戀是怎麼一回事、該怎麼界定，不過我很清楚的知道，她不可能愛我，我覺得好混亂，既混亂又害怕。

「我當時把這些感覺毫無保留的告訴他，我以爲我們並不認識也絕對不可能遇見在現實生活裡，所以這很安全而且變成是種需要，我後來才知道原來face就是黃浩琳的時候，我幾乎崩潰。」

『怎麼知道的？』

「我們約了見面，」低著眼睛，我說：「我們還是約了見面。」

我們約在校門口見面，當我們看見竟然是彼此的時候，我的反應是錯愕，而他則是大笑了起來，或許是被他的笑容感染、或許是他當時告訴我的那句話：

『反正來都來了，不然這樣好了，今天妳不當柯杏芙而我不當黃浩琳，就當作放我們自己一天假，如何？』

我說這聽起來滿有意思的，然後我坐上他的車，在車上，我告訴他：

「坐了這麼多次你的車，這還是我第一次坐在你的副駕駛座。」

『這個位子不好坐，這就是爲什麼羅婈總是和妳們坐在後座的原因。』

「你們——」

『這樣吧，我幫妳確認如何？』

「確認？」

『確認妳愛不愛男人。』

他手裡握著方向盤，他眼神直視著前方，看著他的側臉，我聽見我說好。我們直接開往汽車旅館。

那是我們第一次也是唯一一次這麼做，而他是我的第一個男人，對此他似乎並不驚訝；那是我少數幾次看見他溫柔的一面，在我們眼中他其實不能算是個溫柔的男人、男朋友，起碼當他和羅婈在我們面前的時候。

可能就是因爲他在床上既溫柔又拿手，所以羅婈才會願意忍受他平常時的反覆無常以及對她不夠好吧。我記得當黃浩琳以慢慢的親吻緩和我的緊張時，我腦子裡突然浮現這個想法，我當時因爲自己居然心生這樣齷齪的念頭而感到羞愧，我至今依舊爲自己的那個齷齪念頭而感到羞愧。

那天在回學校的車上我問他，這是不是他第一次背叛羅婈？他坦率的說不是，接著彷彿這件事並不重要，重要的是我，因爲他接著反問我：那麼，我確認了嗎？我感謝他並沒有說出黃大晴的名字，而我們並沒有說出口、而把這件事情當成是兩個人的祕密，不過確實我們一直就很有默契的這麼做，彷彿我們眞的只是放了一天假不當自己；在假期結束之後，我們重新做回自己，別人眼中的自己、自己眼中的自己，我們的相處並沒有因此產生任何的改變；說來確實好奇怪，不過眞的就是這麼一回事沒錯，一個小插曲，一個小假期。

只是在那件事情之後，我不再上BBS。那不適合我，我想。

我當時沒有回答他確認了沒有，因爲我不知道，眞的不知道；後來我花了好久好久的時間才終於弄明白其實我並不是愛大晴，我只是崇拜她，崇拜到希望自己能夠變成她。因爲後來我終究還是淡出了他們的世界，所以才能夠沉澱出答案。

他們好像一直以爲我是因爲有了男朋友所以才會選擇留在高雄，可是事實並不是，我是爲了淡出他們的世界，所以才選擇留在被他們離開的高雄；他們可能這麼以爲，也可能根本毫不在意，我不知道，而他們也從來沒問。

「感覺眞像是當時的生命開給我的一劑處方箋。」沉默了好一會兒之後，我才又說：「所謂的青春就是這麼一回事吧，很多事情我們正在經歷著卻同時困惑著，甚至深切的爲此痛苦著，不過那終究都變成只是個過程，而答案，總在結束之後才能夠恍然大悟。」

像是要爲這個塵封多年的祕密下註解似的，我說。

「不過跟妳說這些感覺好奇怪，因爲畢竟妳是他的女朋友……」

『沒關係的，浩琳其實告訴過我，只是他沒有說名字，也沒有說是誰。』

「看來，他確實是也守住了這個祕密。」

她猶豫了一會兒，才說：『如果可以的話，能夠讓我翻閱你們的畢業紀念冊嗎？我想看看當年的你們，還有那個我沒見過的黃浩琳。』

「這——」

『浩琳的畢業紀念冊不見了，所以我一直沒有看過，我不知道他今天晚上會不會坐在旅館的沙發上等我，或者是接著下一分鐘他就打電話來給我，不過我想替他完成這一件事情，雖然我還不知道他爲什麼半途而廢又爲什麼消失不見。』

她的這句話還有話語裡的情感打動我了，於是我說沒問題，我告訴她，因爲我的畢業紀念冊留在台中爸媽家，不過我還是可以帶她到學校的圖書館翻找，就像昨天我們原本預計要做的事情那樣。

『那麼，明天我出發前再打電話給妳。』

「好。」

接著我們起身，而她按住帳單、堅持必須由她買單，而我反常的否決她，我告訴她這是個很特別的夜晚、對我而言，我已經好久好久沒有這種對坐暢談，我很開心。

而她說她也是，現在我可以從她的表情確定這並不是她的客套。

我們一起走出店門口走向樓梯口。

「以前每次走這道樓梯的時候，我總是很受不了這家店究竟是爲什麼不開在一樓而偏偏要開在二樓呢？」

『可能是因爲店租比較便宜，或者店老闆才不管這一切、純粹只是不想被輕易的找到吧。』

「有道理，不過很奇怪的是，這次走著走著這樓梯，心情反而變得不一樣了。」

『怎麼說？』

「有種好像所有一切都已經拋在那咖啡店裡面的感覺，藉由走過這道狹窄的樓梯，好像眞的可以走出來了的感覺，眞搞不懂爲什麼。」

『走出來？』

「嗯，走出來。」

『妳和他們後來都沒有聯絡了嗎？』

「幾年前我曾經寫過E-mail給大晴，不過她沒有回信，我想她不是太忙就是根本忘了我了吧。我滿容易被遺忘的，我自己知道這件事。」

『不……』她客套的說，然後緊接著問：『沒想過要再見面？』

我遲疑著不知道該搖頭還是點頭，我只好換個話題說：

「我還留著許佑瑋的手機號碼，不過一直沒有主動打電話給他，可能是因爲就算電話被接通了，我也不知道要和他說什麼吧。」

『可以給我嗎？』

「嗯？」

『許佑瑋的手機號碼。』

「好啊，只是說我不確定他是不是還用這號碼，因爲已經好幾年了……」

我秀出手機裡擱置了好久、久到其實可以刪除的手機號碼給她，我看著她謹慎的輸入手機並且再一次確認；我不明白她要許佑瑋的手機號碼幹嘛？因爲他甚至已經不在高雄，難道是她認爲黃浩琳會是改變主意去找他嗎？

我並沒有太費神去思考這個答案，因爲我們已經走完了樓梯走出了街道，我聽見她說：

『欸，已經太晚了，妳就別送我了，我還記得回去的路，我方向感很好的，而且浩琳的車上有GPS。』

「好，那，妳開車小心囉。」

我說，但還是站在樓梯口目送她上車直到確認她沒開錯方向爲止，當她的車子從我的視線比例尺縮小到終究完全不見的時候，我才遲遲的想到：她不是說黃浩琳只留下手機嗎？那車子怎麼會在？

第三章

我是在那天晚上回到家時才看到那一則新聞的，我有一種很不眞實的感覺，我從來沒有想過會從電視上看到認識的人，而且還是社會新聞。我必須用盡力氣才能夠逼自己冷靜的回想這一切的前後經過，儘管我用盡力氣卻還是難以置信。

黃 浩 琳 死 了 。

回推算來，當她打電話給我的時候事情就已經發生而她也早已經知道，黃浩琳在旅館留下的不只是手機還有他自己，他並不是提早退房，他是提早退出，退出他自己的人生；而她早就已經知道了，她甚至很有可能是第一個被通知的人，可是她隱瞞，當她用黃浩琳的手機回撥給我的時候，當我們見面的時候，她從頭到尾都在隱瞞。她騙我，爲什麼？

我相當仔細的看著電視新聞裡播出的畫面，畫面裡的黃浩琳變成是一具由白色床單覆蓋的冰冷遺體，由救護車推下轉進他們家醫院的急診室。都死透了還急救幹嘛？我憎恨自己竟然冒出這種想法。

我不知道黃浩琳原來是那麼大一家醫院的繼承人，他從來沒有說過，也從來沒有洩露過一絲一毫的線索。新聞的左上角是黃浩琳的生活近照，照片就顯示在主播大臉的旁邊，記者究竟都是怎麼迅速取得當事人的照片以及背景資料甚至是趕在第一時間找出家屬的住家地址跑去採訪的呢？我從來就搞不懂這究竟是怎麼辦到的。可是我有什麼必要懂？我從來沒有想過有朝一日我眞的會在電視新聞裡看見認識的人，認識過的人，甚至是曾經交過心的人。

交過心的人。

照片上的黃浩琳依舊是我記憶裡的模樣，他沒怎麼變，只是模樣成熟了許多，照片裡的黃浩琳甚至比以前更顯魅力；我看著畫面由主播台被切換成爲記者採訪推著麥克風試圖採訪他的父親，我看著畫面裡這位高大挺拔的白髮男人，頭低低的、一臉嚴肅，他拒絕受訪；而接著走在院長身後的夫人，她看起來雖然憔悴但卻掩飾不住的年輕美麗，她看起來比我媽媽年輕好多，她看起來只比我們大十幾歲的樣子。而黃浩琳長得像母親，他遺傳了母親姣好的五官。

受訪的兩個人都不發一語不予置評，他們看起來都想要趕快離開的樣子。

我沒看到他的女朋友出現在畫面裡。

連續切換了所有新聞台之後，終於我才關了電視打開冰箱狠狠的灌了一大杯冰水，轉頭我瞪著手機，我突然很想要隨便打個電話給誰，我首先想到的是許佑瑋，我想打電話問他有沒有看到這一則新聞？我還想提醒他、黃浩琳的女朋友在離開之後要了他的手機號碼，我不明白這有什麼意義她有什麼意圖？不過我想可能還是很有必要讓他先知道這件事，雖然也有可能她已經早我一步聯絡上許佑瑋了。

可是然後呢？

許佑瑋還用這門號嗎？他還記得我是誰嗎？他會不會認爲當年那個總是跟在他們身邊那個影子似的好安靜好內向的柯杏芙終於在離開他們的多年之後變成了古怪的女人打來莫名其妙的電話沒頭沒腦的瞎扯一堆還提醒他要小心。

小心什麼？

我想大笑，突然很想要大笑，我必須做些什麼才能夠防止自己眞的笑出聲、古怪的大笑出聲，在得知昔日好友的死訊之後，什麼樣的人反應會是這樣？在這樣一個週日的夜晚，我怎麼會看著電視上昔日老友的死訊然後突兀放聲大笑？

我根本就配不上這個被許願幸福的名字，配不上！

接著，是的，連我自己也難以置信的是，我竟就打開了電腦，登入早已遺忘多年的BBS，對著早已經失去主人、甚至早已經被主人遺忘多年的face，我寫信問他：你怎麼了？你後來怎麼了？爲什麼？

醫院繼承人旅館房間內猝死　死因待查

【綜合報導】XX醫院繼承人黃浩琳今日下午傳出陳屍投宿旅館，房間內並無打鬥痕跡，警方初步排除他殺可能，初步研判死因疑似心肌梗塞；醫院公關處經理接受採訪時表示，死者確實爲院長獨子黃浩琳，但詳細情形不願多作說明，並表示黃浩琳平時爲人低調，鮮少有人知道他身爲醫院繼承人，對於生前的交友狀況則表示並不清楚，並且對於外傳的自殺說法嚴正否認。至於是否接受法醫解剖驗屍，則表示尊重家屬意願。

離線MSN

如果，我把什麼都告訴妳

那麼，我還能剩下多少的我自己？

第一章

當我看到那則新聞快報的時候應該已經是重播了，這時候我們一群人正下了班在海產店裡聚餐，雖然名義上是聚餐，不過實質上是和解大會，而作東的人是我，因爲我是這群人裡唯一年過三十的人，而他們的平均年紀大概都二十上下；我們都是加油站的晚班工讀生，雖然從外表看起來我和他們的落差不大，這得要感謝我媽生得好，她把我生得老爸的娃娃臉和天生吃不胖的高瘦身材，於是乎儘管如今我已經年過三十，不過卻沒有同齡男人的老化現象：頭髮既沒有變薄、身材也沒有走樣，只除了眼角的皺紋多了些罷了。

憑這外表自稱是大學生大概也不會被懷疑，於是也就這麼順理成章的穿著年輕時候的T恤牛仔褲，並不是得了便宜還賣乖的故意裝年輕，純粹因爲沒錢新買；撇開身分證上的年齡差異不說，我和這群工讀生還眞是完全性的很融入：我們都騎機車，然後住在月租幾千塊的大套房裡頭。

他媽的我眞是所謂的青春永駐啊！

不過儘管如此這群人還是很自然的把我當成大哥看待，倒不是說每次吃飯我都會搶著買單請客（實際上我從以前到現在都很少這麼做），純粹是因爲個性使然，在別人眼中我好像滿隨和好相處又相當講道理的，並且還很可能有那麼一滴滴的領導者特質，仔細回想起來我似乎從小就經常被當成孩子王，長大後則順理成章負責總幹事的這種角色扮演，一路走來、始終如一，我的命定？

而如今當這群涉世未深又血氣方剛、容易衝動犯錯的小夥子們爲了芝麻點大的小事情起了口角槓了起來的時候，他們不約而同的就會立刻想到我，『這幾天找許佑瑋一起吃個飯吧。』這句話不知不覺中變成了理虧的人或者是不管有沒有理虧但總是想要先低頭道歉卻又拉不下臉的人口中的求和訊號；而通常此話一出，對方就會很了然的開始呼朋引伴負責邀約。有時候想想年輕人眞的有趣。

年輕大概就是這麼一回事吧：所有壓根並不重要的小事都能夠被放大成爲巨大的困擾、還爲此失眠，哭泣。重要的小事，有句話是這樣。

於是此刻，我們這夥總計十來人就坐在九九海鮮快炒店裡吃著宵夜喝著金牌台啤，先是故作沒事的瞎聊閒扯淡，然後再慢慢的把話題導向當事人爭吵的細故；上一次是兩個男生同時看上一個女生然後搞不定誰能追就這麼互不相讓吵了起來不可開交，但從頭到尾卻都沒有人想到要問一下那個女生的意思是什麼；還有一次是哪個誰老是買飲料請客，然而有回又哪個誰居然不顧於此當眞和他索討百來塊的借錢搞得他老子火大不爽痛罵對方不夠意思……是如此這般的小事，小得就像是指甲縫裡的屑屑那般的事情，套句女朋友曾經作過的比喻是這樣——喔、抱歉，是前女友才對，我們已經分手好一陣子了，我們已經分手好幾次了，不過這次她顯然是來眞的，隨便，她高興就好。

隨便。

我大概是喝得有點太多太快，因爲我完全想不起來眼前這兩個阿呆剛才說了些什麼這次他們吵起來的細故，反正淨是些指甲縫裡的小事、我想。以後你們就會知道！這究竟有什麼好値得吵壞感情的？去他媽的奇檬子不對，去他媽的嚥不下這口氣！天曉得我眞想這麼吼這兩個阿呆，然後順便再刷他們各兩個耳光最後再叫他們都罰站面壁思過去。不過當然我沒有，這不是我的行事風格，而且反正不管他們吵的是什麼、嚥不下的又哪口，我都只消把這句話說出來就是了：

「兄弟一場，有什麼事情不是喝兩杯就過去的？」

我說，然後舉杯等待，接著，果不其然，大夥紛紛也舉起杯子起鬨著這兩個阿呆，就這麼我們眼看他們心不甘情不願的四目相對，然後尷尬的相視而笑，最後他們點頭致意，然後添酒舉杯，最後我們乾杯。

乾

杯

『那個人長得好像仔仔周渝民喔。』

在一片乾杯聲中，我聽見坐在我旁邊的這個大個子女生分心的驚呼道，順著她的視線我抬頭望向牆角的電視，我看見電視正在放送著這則新聞快報：醫院繼承人旅館房間內猝死，死因待查。

首先我的反應是：這個人長得眞像黃浩琳，算算我們已經好幾年沒見，可能現在的黃浩琳長得差不多就這樣子吧！然而當我聽見新聞主播口中報導出黃浩琳這三個字這名字時，我整個人僵住，眞的是整個人僵住。一時半刻我無法分辨是因為上回見面他還活得好好、而這回他卻已經死了，死透了；又或者他竟是身價上億百億的醫院繼承人這件事情撼住我？剛才新聞主播說的究竟是上億還百億呢？忘記了，反正是那種你得中好幾次樂透頭彩才能夠擁有的天文財富。

黃浩琳活著的時候從來沒有告訴過我們這件事情，也幾乎沒有洩露過半點痕跡；我們幾年沒見了？新聞主播口中的自殺傳聞是什麼意思？黃浩琳是會自殺的人嗎？什麼線索？電視上的這個黃浩琳眞的是我記憶裡的那個黃浩琳嗎？會不會只是同名同姓又正巧長相相似的兩個人？可能嗎？

搖搖頭，我覺得有點頭暈，而且還很想吐，實在不應該一坐下來就空腹喝酒還喝得又多又快，都幾歲的人了還眞當自己夠年輕。黃浩琳死了？怎麼會？爲什麼傳聞自殺？他怎麼了？他後來怎麼了？

「最後見面的時候，他還欠我十六萬八沒有還。」

我說，突然開口這麼說。

我不明白我突然說這話是什麼意思想要幹嘛而且是要說給誰聽呢？我眞痛恨這竟然是我開口的第一句話，什麼樣的人會在得知昔日好友的死訊之後劈頭說出這種指甲縫裡的屑屑？

我想叫我閉嘴，或者就乾脆去廁所抱著馬桶嘔吐，可以的話再爲了黃浩琳的死訊痛哭一場算了，可是我的腦子麻麻的我的身體僵僵的然而我的嘴巴卻關不住，我喃喃自語著不知道說了些什麼，只曉得當我意識到大家都感覺奇怪了、而我也眞該閉嘴了的時候，我說：有什麼事情不是喝兩杯就過去的？我聽見我自己這麼說，只是我不曉得這次是在說給誰聽。或許是回憶裡的我們？

我們究竟該如何和回憶對話呢？

「我去7-11買包菸。」

丟下這句話和幾張鈔票之後，我就捉起包包起身離開；我不想要跟他們解釋剛才的古怪行徑是從何而來，死亡離他們似乎還太遙遠，遠得只像是電視裡的社會新聞，我也不想要跟他們宣佈剛才電視上那個死掉的好看傢伙曾經是我拜把五六年的好哥兒們，我們同個寢室同進同出畢業之後又繼續同住一個屋簷下，而且還眞的同穿過好幾條褲子；我不想要面對我們曾經那麼要好而後來卻不再想要見到對方的這個事實，我甚至不想要知道他居然已經死掉的這個事實。直到得知黃浩琳死訊的前一秒、我甚至還在氣他，而且我難過的發現，直到他死後的這一刻，我才猛然驚覺：或許我從來就沒有了解過他。

我

們

『嘿！等我！』

走出店門口的時候，我聽見身後的這聲呼喚，轉身，原來是剛才驚呼著那則新聞的大個子女孩。

『我想喝杯咖啡醒一下酒再走，不然酒駕就麻煩了。陪我好嗎？』

不要。

「騎機車不會被攔啦。」

『亂講！有次我朋友喝醉了走在路上就被警察攔下來，而且還開了張罰單餵他。』

「罰單上寫什麼？因爲喝酒不開車所以就走路但還是不行？」

『哈哈哈哈哈，你講話好好笑喔。可能是他和警察衝了起來所以被罰妨礙執勤什麼的吧，我沒問。等一下7-11的點數給我好不好？』

「我又沒有說要跟妳一起喝咖啡等酒醒。」

我想這麼說，也以爲自己會這麼說，因爲我打從心底提不起勁這麼做，畢竟明天一早還得要上班，不過我話說到了嘴邊卻還是說成了好，我本來就不是擅長拒絕別人的個性，而且在這種情形之下，我大概也不適合獨處吧？在這種情況下隨便哪個誰能陪我都張開雙手歡迎，所謂的寂寞大概就是這種狀態吧？

果眞就這麼並肩走到7-11門口的時候，我已經打消了再買六罐雪碧回家調威士忌蘇打喝的念頭了，今天就當作威士忌蘇打放我一個假吧！這個夏天我是眞的有點喝過頭了，再這樣下去好像不太好的樣子，可是我又能怎麼辦呢？而且那又怎樣呢？

兩杯熱拿鐵，7-11靠窗的座位，喝了一口咖啡入喉之後，像是找話聊、也像是被回憶給惹出了情緒那樣，我有感而發的告訴這位初次見面的大個子女生：

「只剩下便利店的咖啡了。」

只剩下便利店的咖啡可以陪我們這些夜歸的人醒酒或者等天亮了。我說，我開始說。

以前不是這樣的，以前到處都是那種二十四小時不打烊的咖啡店，有很多的雜誌可以看，還有很大張的沙發可以躺著稍微睡一下的那種二十四小時咖啡店，多得就像是便利店一樣，任君挑選哪家近就去哪家，可是後來慢慢的少了，不知不覺就一家一家的關了，像是骨牌似的，少得遠得你必須開車去才能待著醒酒，可是這就不是醒酒的目的了不是嗎？開車去喝咖啡醒酒以避免酒駕，感覺就像是去戒菸門診時抽菸等掛號一樣，本末倒置了。

不知不覺就消失了，這些二十四小時不打烊的咖啡館，有好多的雜誌以及好大的沙發的不打烊咖啡館，簡直就像是我們的青春一樣，不知不覺就不見了，骨牌似的，倒了。

「而那確實也是我們青春年代的產物，這不打烊咖啡館，那時候最快樂的事情就是下班之後約了朋友隨便吃個什麼晚餐，再隨便走進一家夜店喝他個夠之後，然後再隨便走進一家不打烊的咖啡館待著醒酒，如果興致好或者沒聊夠的話，甚至再待到永和豆漿開門吃早餐當句點，真是好青春哪、我們那時候，年輕得不像話。」

『我本來還覺得他們是在騙我，不過你剛才的這一番話讓我相信你有三十歲了。』

「謝妳喔。」

『不客氣，不過你外表看起來還滿有那些韓國男明星的樣子，連髮型也是。』

「韓國男明星咧，妳還真敢講……」我嗤之以鼻，然後脫口而出：「認識他這麼多年，這還眞是我第一次聽見有人說他長得像仔仔周渝民。」

『什麼仔仔周渝民？』

「沒事。妳幾歲？」

『十九。』

好個青春的肉體！我吹了個無聲的口哨，然後這才第一次認眞看清楚她的長相：圓臉大眼厚嘴唇，長得不算是漂亮但可以說是滿會打扮的，而且穿著沒話說的時髦，實際上說穿了就是街頭那一大把少女的copy：同樣的髮型、同樣的妝容、同樣的穿著，同樣的都讓我想要撕掉她們臉上的假睫毛。每次看到這樣的女孩，總是會讓我忍不住想起大晴，她從來就不是這樣的女孩。

不過講話倒是跟大晴一樣很直接。

此刻我聽見她正在問：

『你怎麼會年紀一大把還在加油站工作？』

因爲這就是現實啊、這位少女。妳以爲每個人畢業之後都會功成名就有個好厲害的職業賺好多的錢住好大的房子開好大車子嗎？絕大多數的人都只是這個社會運轉過程中的小小螺絲釘而已，我指的是絕大多數。

「是打工。」我更正她，並且盡可能隱藏起自尊受到傷害的表情：「我白天在證券公司上班，我的正職是股票交易員。」

『股票交易員賺得多嗎？』

「有的很多，有的很少，看業績，實際上我們跟業務員的工作性質差不多。」

『喔。』這話她想了想，然後實在不太能理解，但反正管她的，繼續又把話題帶回：『那你爲什麼晚上還要在加油站打工？是很缺錢嗎？』

因爲我們的工作通常都很早就下班所以晚上沒事做就乾脆去打工交朋友。絕大多數的時候我會這麼回答對方，不過此刻並不能算是絕大多數，而且我判斷接下來大概不會和她睡覺更別提什麼進一步的交往，畢竟我家裡還有好幾箱威士忌等著我喝掉呢。

於是我也直率的告訴她：

「因爲小時候窮怕了所以年少無知的時候想錢想瘋了，就用現金卡借了一大堆錢搞投資玩股票，一開始嚐到了甜頭，眞的是他媽的好甜頭，我第一次有資格驚訝賺錢居然可能這麼輕鬆不費力，所以後來越借越多越玩越大，然後接著二〇〇三年金融海嘯，所以——咻！現在我欠了一屁股的債，所以得打工還債。順道一提，那是個只消拿名片就能夠辦信用貸款的美好年代，我眞高興那他媽的美好年代結束了，眞他媽的不該開始的！」

『喔。』

這話她想了想，然後決定並不重要，她覺得重要的是：

『你女朋友是因爲這樣跑掉的嗎？』

大概是我的臉嚴肅了起來，於是她不等我回應、緊接著小小聲的囁嚅道：

『我聽他們說的，你好像也剛失戀，他們本來好像想撮合我們在一起。』

每個人都想撮合我和誰在一起，以前的羅媄是，後來每個階段認識的每一群朋友也是，總是會有個誰要撮合哪個女生和我配一對！眞不知道爲什麼，眞想知道爲什麼？

「不是，我雖然想發財想瘋了所以欠了一屁股的債，不過那是可以還得清的金額，而且我心碎夢醒之後就很努力的賺錢還債，雖然晚上打工看起來好像會還得很辛苦，不過我反正就是醒了怕了，還是腳踏實地的好，確實還是腳踏實地的好。」

黃浩琳早就這麼告訴過我了，不是嗎？只是當時我沒聽，而現在後悔了，不過那又怎麼樣？反正我知道了，而且我面對了，承擔了，認分了。

「因爲個性不合。」我簡短的說，因爲其實我不是很想說。我喝乾了咖啡，轉移話題說：「我們本來都計畫了要結婚，房子去看了，宴客名單也討論了，還好是婚紗照和餐廳都只付了訂金所以損失不算大，只是說本來宴客要用的威士忌預先買了好幾箱，所以我現在除了努力打工還債之外也必須很努力的把威士忌喝掉，眞希望這個夏天結束之前能把那幾箱他媽的威士忌喝掉啊。」

『爲什麼是威士忌不是紅酒？玫瑰紅又不貴。』

「因爲村上春樹哪。」

『聽不懂。』

「《如果我們的語言是威士忌》，村上春樹寫的書，我女朋友很迷他。」而大晴也是，她也是村上迷。「是前女友才對，抱歉。」

『年過三十還失戀是什麼感覺？』

「什麼？」

『三十歲啊，感覺好老了喔，感覺好像小孩都應該已經上幼稚園了或者是正在學會自己大便擦屁股，可是結果卻還在失戀，那是什麼感覺？』

——還有十五年，那時候我們都三十好幾了，好老喔～～

——敬我們！跨世紀的友情！

——歡迎新世紀！我愛我們五個人！

——我愛五月天！我要賺大錢！
——等一下我開車，你們這三個酒鬼。
——敬我們，跨世紀的友情。

如果搭乘時光機回到那一天那一刻，告訴當時的我們：我們雖然一起跨過了新世紀，可是往後的我們，卻不會再見彼此的面，還斷了聯絡，也不再擁有所謂的我們五個人，當時候的我們，會相信嗎？

肯相信嗎？

「妳一直讓我想起以前暗戀過的一個女生，眞是不知道爲什麼。」

她臉紅了。我突然異想天開的好奇：她會不會是我的下一個女朋友？天哪，我眞的好厭倦了一直在尋找以及適應下一個女朋友，爲什麼我總是留不住女人？

「大概是因爲那則新聞吧？」

『什麼新聞？』

她的聲音放軟了變柔了，而這是個寂寞的夜晚，回憶又那麼地擁擠，我在心底這麼告訴我自己；我開始說服自己，或許我就是適合和年輕女孩交往吧？她們簡單多了，要的就只是愛情而已。愛情簡單多了，愛情不像兩個人的未來那麼複雜，枝枝節節的複雜，複雜到簡直就該被丟到外太空去呢。

但搞不好她其實並不想要我的未來也只想要一夜溫存呢？

我想像我接著可以告訴她、因爲她的關係所以我才看到那一則新聞，或許我還可以放任自己流下幾行清淚，哭訴失去昔日好友的震驚與哀痛，那麼她可能會順勢安慰我，拍拍我的背，握握我的手，然後我們情投意合移駕到她的地方或者我的地方，或許我們會乾柴烈火，或者搞不好無法契合，但是那又怎麼樣？反正天亮之前我們會禮貌道別，從此遺忘對方，不是這樣嗎？

曾經深刻過的至友都能夠兩兩相忘了，更何況只是這麼一夜的陪伴？

那又怎樣？

「妳喜歡喝威士忌蘇打嗎？」

我以爲我接著會這麼問，順理成章的問，可是結果我沒有，我問她有沒有

MSN，而她被我這個問題逗笑了。

『你這麼問就太大叔了，FB都已經開始落伍了，還MSN咧。』

方才短暫存在於我們兩人之間的愛情泡泡瞬間幻滅。

我於是跟著也禮貌的笑笑，我想告訴她MSN對我而言不一樣，因爲那是我和黃浩琳共同的回憶，那是我們那年代時興的產物，而他是我開始使用MSN的初衷，他是我MSN上的第一位好友。不過當然她不懂，她倒是懂這個幹嘛？而且確實就如她所說的：連FB都開始落伍了，還MSN咧？

我接著改問她需不需幫她叫計程車？而她也開始客客氣氣的說不用，於是我們起身並肩走到她停放機車的騎樓，就這麼我好紳士的目送她離開，直到她的身影完全消失於我的視線範圍之後，我還是搞不明白爲什麼我要平白無故放掉這一個機會，明天搞不好還要被那一群兄弟虧。可是那又怎麼樣？這對我的人生又沒有什麼影響！

或許是我突然很想聽五月天，而五月天的歌，自從我們五個人失去聯絡之後，我就只習慣一個人聽，來首〈九號球〉，嗯，很不錯，MV拍得也很讚；或許是我突然很想喝威士忌蘇打，而威士忌蘇打這東西，我只習慣和黃浩琳喝，對喝。

實際上我人生中第一杯威士忌蘇打就是黃浩琳帶我喝的，那幾年我們眞眞喝掉了整個太平洋那麼多的威士忌蘇打，而後來的我們……

呸！那又怎樣？

第二章

接到柯杏芙的電話是在那幾天之後，當時我如果不是已經喝醉了就是差不多也八成醉了（這兩者有什麼絕對性的差別嗎？），否則我通常是不會接起陌生來電的；廣告推銷和詐騙電話太多是主要原因，而已經沒有什麼心情和早就不在手機電話簿裡的失聯朋友寒暄敘舊則是剩下的所有原因。柯杏芙對我而言正是後者。

不過無論如何我當時就是接起了這通回憶裡的電話、這來自過去的電話，我當時醉得連拒接都按錯，是這樣子的一個喝過頭夜晚，又一個喝過頭夜晚。

請問是許佑瑋嗎？手機那頭有點耳熟卻又硬是想不起來是誰的女聲怯生生的問道，而我絞盡腦汁卻還是徒勞無功的答了聲對之後，我聽見手機那頭的她鬆了口大氣；我突然覺得自己眞是不應該：她還記得我並且還留著我的手機號碼呢，而我卻已經幾乎把她給忘記。

我眞討厭這種感覺，我眞不該誤接這通電話。

『我是柯杏芙，你的大學同學。』

像是早已經做好了不被記得的心理準備那樣，她接著如此仔細而又完整的自我介紹，然後稍作停頓之後，我聽見她小心翼翼的問道：『你還記得我嗎？』

然後我就笑了起來。

「當然記得啊！廢話！」我笑著說，然後脫口而出的問：「妳怎麼還沒有改名字？」

『咦？』

我解釋那幾年老是聽她咕噥著不喜歡這個和幸福諧音的名字，那幾年我老是心想她與其一直在意著囉嗦著那幹嘛不乾脆就去改個名字算了呢？

我沒說我們那時候一面倒的打賭她不會去改名字，總是想得太多卻做得太少的柯杏芙，眞不明白爲什麼總是凡事都畏畏縮縮的膽小鬼柯杏芙。

乖乖牌。我記得大晴總是會這麼嘲弄的喊她，我突然想起的回憶好多好多。

我聽見她說：『眞沒想到你居然還記得我，我們好多年不見了。』

「我們整整十年不見了。」

我立刻接腔，之所以會明確的記得住這數字是因爲在那天回家之後我立刻翻查了相簿，那天之後我還上網試著找出那則新聞的後續，不過不管我輸入什麼樣的關鍵字，所能查到的都還是只有那天的那則新聞，大概是那個有錢有勢的家族利用什麼管道下了封口令吧，我想。

我問她：

「妳是不是也看到黃浩琳自殺的新聞？」

她立刻說對，並且謹愼的糾正我：是疑似自殺。

眞的是好意外啊、他的家世背景還有他的突然死亡，看到自己認識的人上了社會新聞感覺眞是複雜……本來我以爲我們的對話會是諸如此類、如此這般，然而結果並不是。

他死掉之前曾經找過我。我聽見杏芙在手機的那頭突然這麼說道，而我怔住，我怔怔的聽著她緩慢而又小心翼翼的說起他們是如何約了見面而他又是如何沒有出現，我不知道我當下是什麼感覺？是不是該要難過？

黃浩琳想要把我們都找出來然後再聚一次？

我不知道該怎麼接話，所以我只是沉默的拿起威士忌往玻璃杯裡注滿。爲什麼不喝純的威士忌就好呢？少了汽水裡的氣泡不是能夠喝得比較快嗎？也比較好醉啊！

『我很驚訝他首先找的人是我，可能是我比較好找吧，因爲我還在我們學校當系助，我沒想到你們也沒了聯絡。』

我想要假裝沒有聽到她話裡的最後那一句，可是這實在很難辦到，張開了嘴巴，我聽見我說：

「可是他有畢業紀念冊啊！爲什麼還要大老遠跑回學校去翻呢？」

他有畢業紀念冊啊。我心想，百感交集的心想。

那時候我們還爲了這件事情搞得很不愉快，我們都在畢業紀念冊裡留下給我們五個人的話，可是結果我沒有買，我覺得買那個好浪費錢又佔空間，終究是個在搬家時遲早會丟掉的東西；畢業紀念冊裡想看的照片我自己都有了，而且反正我們五個人會一直保持聯絡、直到世界末日的不是嗎？所以何必買那個多餘的東西呢？然後黃浩琳說：你連這個錢也要省？是的當時他就是這麼說，而當時的我反應則是生氣。我好生氣，我生氣他多管閒事，我生氣他老是嘲笑我愛錢愛得捨不得花錢，我生氣他什麼都不懂卻老是擺出一副他老是什麼都懂的姿態。

或許，他眞的懂。我爲什麼連那個錢也要省？他說得對，黃浩琳其實說得眞他媽的對！

我們怎麼可能料想得到後來的我們會失去了聯絡？怎麼肯相信？我們怎麼會讓彼此走到了陌路？當初的我們會原諒後來的我們嗎？

舉杯，我想把杯子裡的威士忌一飲而盡，然而當這金黃色的酒液沾到我的嘴唇，我卻只覺得辛辣得難以入喉，彷彿重溫當年第一口威士忌的滋味。

『如果是習慣了喝啤酒的話，直接喝威士忌是太烈了點，威士忌蘇打的話就還好。』

耳邊，我以爲我聽見了當年黃浩琳告訴我的這句話，你會驚訝的、許佑瑋，很多的習慣、很多從年輕時期就保存下來、連自己也毫不自覺的習慣，起因很可能都只是因爲身邊朋友的一句話，或者一個回憶畫面。這樣而已。

習慣眞是個奇妙的東西。

我把玻璃杯放回桌上，我聽見杏芙還在說著：他的女朋友在事發當天曾經找過她，而她自作主張給了她我的手機號碼，她問我會不會介意？我說不會這沒關係；她有打過電話找我嗎？我直覺說沒有，然後才想到要改口說不知道才對，因爲我不接陌生的電話，而這幾天確實是有過幾通陌生的來電。是她嗎？她想找我做什麼？

回過神來，我聽見杏芙已經換了話題說道：

『拖了這麼久才打電話給你，是因爲這幾天我忙著辦留職停薪還有遊學的雜事。』

「妳終於下定決心帶自己去遊學了啊？」

『你還記得啊？』她難為情的笑了起來，『是啊，從大學畢業前就一直好想做卻一直沒有去做的事情，總是遲疑著猶豫不決的沒有去做，直到現在我才發現我真的已經好厭倦那個怕東怕西的自己了。

『如今想到我的人生居然就在害怕之中蹉跎了好多的事情和經驗就覺得眞的好不值得，因爲醒來之後就是下一個明天這其實並不是那麼理所當然的事情，我記得大晴那時候曾經這麼告訴過我，大概是這方面的意思吧，我記得不是很清楚了，不過我記得那時候她常常不耐煩的問我：妳哪來那麼多的可是和害怕？我知道她很受不了我，如今想想，她和黃浩琳的個性眞像，連說話方式也是，好直接又好傷人，可是一針見血。嘿！你和大晴還有聯絡嗎？』

想了想，我說：

「沒有。」

『眞希望出國之前我們可以聚一聚，只是這一次，不再是我們五個人了。』

她在手機那頭緊張的笑笑，然後接著又說：『有這個念頭眞的是好傻，可是回推想來，這會不會是黃浩琳生前最後要做的事情？抱歉我有點胡言亂語了，大概是受到了驚嚇。』

「沒關係。妳有她的電話嗎？」

『大晴？沒有，變空號了。好幾年前我打過，那時候就已經是空號了；那陣子也寫過E-mail給她，可是她好像已經忘記我了，她還回信問我是誰？這讓我覺得滿受傷的，眞希望她乾脆裝作沒看到不要回信算了。』

「呵，妳今天晚上滿饒舌的，我不知道原來妳可以一口氣說那麼多話。」

我聽見她咯咯笑了起來，我以前告訴過她嗎？我覺得她講話那種小女孩喘不過氣的語調滿可愛的，而她實在不應該那麼沒有自信啊！

我告訴她：

「不過我剛才說的她是指黃浩琳的女朋友，我想確認一下她有沒有打電話給我。」

『喔……抱歉我會錯意了。沒有，我只有黃浩琳的手機號碼，還是畢業紀念冊上的那一個，她是用黃浩琳的手機打給我的。你沒有黃浩琳的號碼了嗎？』

「嗯。」

她唸了那十個數字給我，並且確認我沒有記錯之後，又重複說了一次：眞希望我們可以再聚一次。

而我說：

「眞希望知道黃浩琳怎麼了，可是已經沒機會了……」

是啊。她同意，然後突然的問：

『嘿！你還聽五月天嗎？』

我先是楞住，然後直覺地點頭，之後才想到這會兒她不是在我對面而是在手機那頭，於是我趕緊說道：「是啊。」

『眞好，起碼我們有一件事情是沒變的。』

最後，她說。

掛上和杏芙的電話之後，我瞪著手背上方才抄下的手機號碼，發了一會兒呆，把視線從手背移向天花板，我開始忍不住的疑惑打這電話要做什麼？想說什麼又該說什麼？他後來怎麼了？他怎麼會突然想要找我們？他爲什麼首先找的人不是我？就算他搞丟了我的手機號碼，但他還有我的MSN不是嗎？我們曾經是那麼要好的哥兒們，我們甚至還穿過同一件褲子，他怎麼好意思這樣對我？而我呢？我不也是？究竟有什麼事情值得賠上一段感情？十六萬八？去他媽的。

種種的疑問就像是從前的我們、開了話題就聊個沒完的那些徹夜長談那些把酒言歡那些好像怎麼也揮霍不完的青春年歲一樣，停不下來；我把方才亂了比重的威士忌蘇打倒掉，決定改喝純的威士忌，但是太烈了，喝了太多年的威士忌蘇打、還是喝不習慣純的威士忌，都是黃浩琳害的。

我想把手背上的藍色墨水洗掉，接著再喝他個醉，讓酒精麻痺所有的情緒，讓這個夜晚就這麼過去，假裝什麼事情也沒有發生，或許再豪氣的說聲：這對我的人生又沒有什麼影響！就像一直以來的每次每次那樣。

可是行不通，這次硬是行不通。

就這麼猶豫了兩根香菸的時間，我終究還是撥了這個號碼，可是沒有人接，大概是料定了不會再有人接起，於是我索性就這麼讓鈴聲響到轉入語音信箱之後才掛掉；我沒有留言，我覺得鬆了口大氣，總算有一件事情是我真的高興自己這麼做了的。儘管，早就已經於事無補。

再試一次喝純威士忌，還是難以入口。

有那麼一秒鐘的時間，我考慮著要把這號碼儲存在手機裡的電話簿，可是一想到要親眼看著自己親手輸入黃浩琳這個名字，卻讓我覺得有些哽咽。

哽咽，但哭不出來。

失去了主人的手機號碼。

我開始亂糟糟的胡思亂想了起來：如果哪天我也死了，我的手機我的所有我的擁有會落得什麼下場會落入誰的手裡呢？如今我唯一的親人只剩下早已經嫁作人婦的妹妹，所以理所當然會是由她來打理吧，而換成是她呢？她的丈夫、她新的家人，不會是我，當然。真令人感傷的念頭，這念頭。

我繼續想：可是妹妹又不認識我所有的朋友和同事，那麼她該如何幫我通知到所有人呢？她該如何知道要幫我通知哪些人呢？在這個異動的年代裡，我們究竟該如何才能夠得知朋友的死訊、而不只是當作對方疏於聯絡、不再見面呢？我會有什麼樣的葬禮？又、會有哪些人來參加我的葬禮？我會有個葬禮嗎？

還是只有哽咽而已，還是哭不出來；是不是我長久以來疏於哭泣、所以如今我也徹底遺忘該要怎麼哭泣吧？真傻，這個念頭真傻。

真是個難受的夜，這個夜。

喝醉吧！我再一次的慫恿我自己，再喝幾杯威士忌蘇打吧？就當作是敬他、敬我們。酒精在召喚我呢！喝酒吧，喝醉又不難，喝醉最簡單了，簡直就是這個世界上最簡單的事情呢。

我想要喝酒但雙手卻硬是提不起勁拿酒杯，我於是放棄這個念頭也放棄把他的號碼重新儲存在手機的念頭，我轉而打開電腦以及螢幕右下方那忽略了好久的MSN。

我想起忘記是和哪一群朋友曾經開玩笑聊到：雖然早已經不再使用MSN，不過特地移除似乎也沒必要而且還眞是多餘，反正把狀態設定成離線就是了！接著在場的每個人都心領神會的笑了起來：原來你也是？原來大家都還在線上只是都顯示離線啊？哈哈哈哈哈。當時覺得很好笑的事情，如今我卻笑不出來。

會不會這些年，他也同在MSN的那一頭，只是也顯示著離線？

我一直就認定他早已經是回憶裡的人了，而如今他卻變成了回憶來找我，找上我，不走。

離線MSN。

我打開回憶MSN，不是爲了更改離線狀態，而是爲了打開和黃浩琳的對話視窗，我把黃浩琳的帳號解除封鎖，我想重溫我們曾經有過的對話紀錄，因爲這是如今我們唯一還爲彼此留下的字字句句，就算只是無聊的：你在幹嘛？明天吃飯？幹心情很差……這樣也好，也好。

都好。

但是沒有，我找不到和他的對話紀錄，這功能是從哪一年才開始的呢？那時候我們還保持聯絡嗎？大概已經沒有了吧，都那麼久了。好久了，太久了。

我怔怔的望著黃浩琳的對話視窗，努力思考著或許可以丟個離線留言給他吧？儘管、他再也收不到了。可是那又怎樣？只是，我該說個什麼呢？我左思右想key了又刪，我關了視窗然後再度打開，最後我望著對話框的左上角，難過的說不出話來。

你什麼時候偷偷把MSN的大頭貼換成了我們那一年在峇里島的五個人合照？

我key了這句話，然後按enter，最後，我關了視窗然後打開音樂，我選了五月天的那首〈九號球〉播放給我自己聽。

也許我這一桿　又沒辦法進球　就像我的生活　一直在出差錯
也許我這一生　始終在追逐那顆九號球
卻忘了　是誰在愛我　卻忘了　是誰在罩著我

詞：阿信　曲：怪獸

在這首歌裡，我把預計在這個夏天要喝完的一瓶又一瓶的威士忌打開來慢慢慢慢的倒進小小的流理台裡。反正傷心從來就不能夠當成酒喝掉，那麼乾脆就用倒的吧，用倒得比較快。比較快。

然後是隔天，我在清醒的時候接到了她的回電。

第三章

電話的開頭是尷尬。

我看著他的號碼從我的手機響起，我知道這不可能是他的來電而是她，我猶豫著該不該接起？又、接起之後該和她說些什麼？我根本就不認識她，而她也是；我們唯一共同認識的人是黃浩琳，可是他死了，而這可能就是我們唯一共同的話題、也是當下這通電話響起的原因，可是我眞不想要聊這個。眞不想。

我不知道該不該、又該怎麼解釋爲什麼他生前我賭氣得斷了聯絡，反而他死後我才撥了昨天那通於事無補的電話？這是我決心戒酒之後清醒的第一天，還不到二十四小時的時間我就已經開始激烈地懷念過去那些讓酒精代替我決定所有煩心事物的混沌日子。酒精會決定我要視而不見這通回電。

我接起電話。

我邊說著邊想著該如何自我介紹，不過手機那頭的她沒讓我困擾太久，她禮貌的打斷我並且表示她知道我是誰；聽得出來手機的那頭她同樣也尷尬，她尷尬的解釋當時眞不知道爲了什麼向杏芙要了我的電話並且還愼重的輸入我的名字，因爲她壓根沒打算打電話找我並且確實也眞的就此忘記這件事情。

『大概是因爲心情慌亂吧？』

我附和她的這個主張並且適時補上幾句體貼的安慰話語以及致哀之意，此時尷尬的意味才終於從對話之中慢慢消散，因爲我們接著開始聊起那家位於二樓的老舊咖啡店，我很驚訝這麼多年的時間過去它居然依舊健在，因爲印象中它生意似乎並不能稱得上好甚至還有那麼一點不好說破的經營慘澹，而她則接腔眞是說不上來爲什麼、不過她眞的眞的還滿喜歡那家咖啡店的。

『有一種能把時間給凝結在那裡的特殊氛圍。』

她說，而我則告訴她、我很喜歡她的這個說法，然後，我聽見她試探的問：

『杏芙有告訴你什麼嗎？』

「大概只說了黃浩琳約了她見面可是卻沒有出現，然後是隔天妳用黃浩琳的手機回電話給她，約了在那間咖啡店見面。她該告訴我什麼嗎？」

想了想之後，她說：

『我當時沒有據實以告浩琳已經死了，我騙她他只是失蹤了而我找不到他。』

她說很抱歉當下對於杏芙的欺騙、欺騙杏芙關於黃浩琳的死訊，她不知道自己爲什麼這樣做，也不曉得當時候爲什麼要堅持見杏芙一面。

「大概是一時半刻不想面對吧。」我安慰她：「而且杏芙是那種非常善於原諒別人的人，所以這點妳不用放在心上。」

『謝謝你這番話。』她接著說：『我是第一個被通知的人，我嚇壞了，先是警察來做筆錄，接著是他的家人，我們交往了五年左右，我從來沒有見過他的家人，他的媽媽看起來比我想像中的還要年輕——』

「她幾歲？」

『一時間忘了，不過她是十七歲那年生下他的。』

「十七歲？」

『嗯。』她略過我的這個疑問，繼續說：『也提過他的父親是醫生，可是他沒說是那麼大一家醫院的院長，更別提是那麼大的一個家族：長輩們幾乎都是政商名流。』她苦笑著：『回想起來實在諷刺，他曾經說過他從小就害怕醫院，總是在裡頭迷路，我當時一直以爲他指的是小時候去醫院看醫生的經驗，沒想到他說的是他整個童年。』

「嘿！妳覺得他是自殺嗎？」

這個問題讓她沉默了好一會兒，我感覺她有個什麼想說，但最後卻還是不願意說，或者開不了口說。她只說：

『新聞報導說是疑似心肌梗塞，但我不知道他有心臟病，至少沒聽他提起過，我看不出端倪，也從來沒有看過他吃藥，我們後來住在一起，如果不是知道他父親是醫生的話，我會以爲他是孤兒，他連過年都不回家。』

「喔。」

『他滿常提起你，你們。』

「……」

『他說你們曾經是他最親近的人，親近得像家人，在那幾年。』

「那幾年——」我聽見我開口，艱澀的開口：「我們的確像家人，沒有血緣關係的家人。」

沒有血緣關係的家人，那幾年，我們。

畢業之後我們決定回台中租一層公寓同住一起，當時看起來是多麼理所當然的決定、理所當然得就像是我們宿舍生活的延續，然而如今回想起來卻顯得漏洞百出；因爲首先、我和黃浩琳都不是台中人、我們倒是算什麼回台中定居？我這方面的話是因爲反正也沒有家了、所以只要能和他們住在一起、就算是得要住到深山裡去、我都覺得沒有所謂，那他呢？因爲不想和羅婈分開嗎？眞令人懷疑。

他們那時候就已經時常吵架鬧分手，而說來確實也幾乎都是黃浩琳的錯，我和他在大學宿舍當過幾年室友、就替他掩飾過幾年的深夜外出以及陌生女孩的來電；我當時候並不確定這個做法對羅婈而言公不公平？畢竟雙方都是我的朋友，好朋友，我至今依舊無法判斷這麼做對羅婈究竟公不公平；不過其實我會覺得、羅婈她未必毫不知情，我眞覺得她那幾年只是太愛黃浩琳了、愛得放不了手，也放不過自己，委屈了自己、還以爲這就是愛。傻女孩。

不過話說回來，當我們決定租下美術館附近那戶三房兩廳的老公寓時，首先做的第一件事情也是吵架，不是臉紅脖子粗的那種動氣爭吵、反而比較像是老夫老妻拌嘴似的吵鬧舌戰：我認爲關於租金和費用應該是以人頭計算，他們兩個人而我一個人、這樣，而黃浩琳則堅持分攤的基準是房間，他們一間房、而我一間房，對半。我不是很記得後來究竟是怎麼被說服了接受黃浩琳的主張，我反而比較記得當時也在場的大晴她被我們的唇槍舌戰笑得前仰後合。我很喜歡看著她笑，那麼秀氣的女孩、笑起來卻豪氣得很，眞可愛。

「感覺很像是扮家家酒、其實。」回想起來簡直幼稚得不好意思承認，不過我還是帶著笑意告訴她：「那時候我們還會瞎鬧著角色扮演：他們一對是爸媽、而我和大晴是兒女，至於杏芙則是在外工作每週回家的小女兒，不過她就算待得再晚也會乖乖回她眞正的爸媽家，不像大晴。」

『大晴也和你們住一起？』

「喔、不，她也住台中爸媽家，不過多出來的那房間算是她的專屬客房，她每週起碼會住個三兩天。」

眞奇怪，那我當時怎麼沒要大晴分攤水電管理費？呵，最好是我有那個膽，反正她每次都會從家裡帶來媽媽親手做的家常菜來餵養我們這三個飲食不均衡的外食族。

說來也眞是心酸，那戶公寓是至今我住過最好的房子。

「大概是住了一年多左右吧？房東說他年紀大了膝下無子，與其死後讓雜七雜八的人來處分他這房子、倒不如先賣了有筆現金在身邊好安心。他老人家那時候提出個如今回想起來簡直像是做公益的價格問我們要不要接手？那時候沒買眞的太可惜。」

『浩琳沒買？』

「沒有。」

我們那時候眞不知道原來他是有錢人家的公子哥，他隱藏得眞好，他是不是不想被我們發現所以才不買？無所謂了，反正事到如今這答案根本就沒有所謂了。

我告訴她：「他反而還勸我買下。」

那是我們關係走僵的開始。

那時候我已經在證券公司當股票交易員，而且還好風光的靠著炒股票賺了好多錢，黃浩琳一直要我踏實一點、把帳面獲利了結入袋爲安，接手這間房子，當大家的房東；那時候我死不答應的原因，絕大多數是被錢沖昏了頭：股票還在漲，一直在漲，還會再賺好多錢，能賺更多幹嘛我要現在就收手呢？主要的原因是這樣，但其實眞正關鍵的，是黃浩琳當時告訴我的話，他說：

『你什麼錢都捨不得花，倒是股票很捨得買嘛。』

他說的是事實，我視而不見的現實，可是他眞正說了傷人的話，是這個：

『你反正也沒有家，眞先該買個房子給自己住才對。』

『他提過這件事，但我不明白——』

「因爲這件事我只告訴過大晴。」

我的父親因爲販毒入獄，我的母親再嫁拋下我和妹妹讓爺爺奶奶扶養，爺爺在我十歲那年過世，在爺爺的喪禮上我最後一次看到我的爸爸，被獄警押著、戴著手銬腳鐐的牢犯，他跪在爺爺的靈堂前面，失聲大笑，而每個人搖頭不語；我很感謝奶奶辛苦工作扶養我們直到我高三而妹妹高一那年才過世，否則我們的處境大概會更淒慘，我們後來半工半讀自立生活，我們沒想過要去投靠媽媽，因爲奶奶告訴我們：她早已經是別人的妻子和媽媽，她後來過得幸福美滿，而這一點，不能怪她，是爸爸還有他們的錯，他們當年對不起她。

而這件事情，我只告訴過大晴，我沒想過她會說給黃浩琳聽，我不曉得她說了多少？是點到爲止還是全盤說出？我只曉得，從那之後，我不再願意把所有自身的事情都告訴別人，包括女朋友，前女友。

如果，我把什麼都告訴妳，那麼，我還能剩下多少的我自己？

大晴妳知道嗎？妳的有口無心卻在我的心底烙下了陰影，很深很沉的心理陰影；而當年那個大發豪語、說要畢業之後存到疊起來比妳人還高的鈔票就娶妳的男孩、好友，他不是開玩笑而已，他是眞的眞的，很喜歡妳，愛過妳。只是妳啊、卻狠狠傷害了他，不論有心，或者無意，就算無意。

妳啊……

妳愛過他嗎？妳愛過我嗎？妳現在過得怎麼樣？過得好不好？妳變了沒有？

「反正後來我們誰也沒買那房子，對於那件事情也保持默契不再提起，而且反正後來沒有多久，我們也各自搬走了，因爲新的屋主買下自住。」

可是從那件事情之後，黃浩琳會開始跟我借錢，從幾百塊的出去吃飯忘了帶錢，到幾千塊的房租幫他先墊，什麼理由都有，眞虧他想得出來，不過反正他每次都有借有還，所以其實我也不太介意，可是最後一次他跟我借了十六萬八，然後要賴不還，硬是不還；他原來根本就不缺那個錢，他幹嘛要借？他幹嘛不還？

「現在回想起來，感覺他好像是故意的。」

你太看重錢了。他曾經告訴過我，錢只是賺來花用的東西，不是反客爲主變成控制你人生的主人，花點錢讓生活好過一點，不用拚命去賺還用命去賭，你這樣下去遲早會栽在錢的上頭。他早就告訴過我了，只是我把這話當成個屁，眞當個屁；所以後來，我也被錢當成了屁。

『你們是因爲這樣鬧僵的嗎？』

「喔、不，不是。如果是這樣的話，後來我也不會跟他們去峇里島了。他是這麼說的嗎？」

『他沒說。』

「原因很多，但主要是峇里島的那件事情，我想。」

想來好笑，當初約我們大家去峇里島的人就是黃浩琳。

那時候新的屋主告訴我們將要把公寓收回自住之後，我感覺到黃浩琳好像有點在生我的氣的意思，那時候我在股市的錢景已經開始不妙了；不過當下他沒有明講，而我們誰也沒有提議要再繼續一起住，當時羅婕已經辭掉了Tiffany的櫃姐、找到了新的工作，我忘了她後來換成什麼工作，只記得我們的工作地點變得相隔太遠，實在是沒有道理再繼續住一起，可是她好像也沒有強調、要黃浩琳和她繼續住一起；而大晴則是考上了記者，慢慢的也不再那麼頻繁的出現在我們生活裡了，那麼黃浩琳呢？他當時念的研究所倒是和我的公司距離不遠，不過我們之間如果少了她們的存在、我們會想要和彼此繼續當室友嗎？我很懷疑。

無論如何當時黃浩琳有感而發的說，大學那年的畢業、感覺像是形式上的畢業，只是少了班上的其他同學，只是上課換成了上班，這樣而已，因爲我們五個人還是時常攪和在一起，住也一起玩也一起，同進同出，集體行動，還依舊是；然而當時這樣一來感覺就像是眞的畢業了，我們不再住一起了，而彼此也開始有了新的工作新的朋友還有新的生活圈、我們彼此不再包含在裡頭的新生活圈了；感覺像是眞正的畢業了，從我們的五人大學畢業，所以我們眞該要有一個畢業旅行，不是嗎？

我們都同意。

「我記不太清楚那時候黃浩琳和羅婈是不是已經分手了？因爲他們總是在鬧分手卻總是又復合，所以我們其實也懶得把他們宣稱的分手認眞看待，因爲他們總是會復合。」

因爲是五個人的關係，所以出發前我就做好了心理準備會是自己一間房，黃浩琳和羅婈同房、而大晴和杏芙，實際上領隊也是這樣安排沒錯；可是在峇里島的那幾個晚上，黃浩琳幾乎都跑來和我一起睡，只除了最後一晚，我以爲他和羅婈和好了所以就不再跑來找我，實際上如果不是杏芙在最後那一天的早餐上問大晴整晚去哪了？我想我們大概也不會發現。

「當時我和羅婈交換了一個眼神，於是我知道，他既沒有在羅婈那裡、也沒有來找我，我們沒有繼續這個話題，我們從沒聊過這件事情。」

而現在，我沒想到我會告訴她，這個身爲黃浩琳生前最後一任女朋友的陌生女子，我不知道她是誰？長什麼樣子？可是我卻告訴了她這一大堆，這一大堆我從來沒有告訴過她們三個人的話語。

這次對話的深度遠遠超出了我的預期，這讓我頓時沉默了下來，彷彿重新沉默回最初的尷尬。

我想喝酒嗎？不，不想，謝天謝地，我不想。我聽見她說：

『我後來去了你們學校圖書館翻了你們那一屆的畢業紀念冊，好奇怪，聽起來黃浩琳當初應該有買畢業紀念冊才對，可是我從來沒有看過，他說早就已經不見了。』

可能他早丟了吧、我想。

『你還記得你在畢業紀念冊上頭寫了什麼嗎？』

「什麼？」

『你們那一屆的畢業紀念冊裡都會放一段感言，而你們五個人都寫了一段話給其他四個人，你記得嗎？』

「現在想起來了。」我難爲情的笑著說，「好幼稚的做法，感覺好像是在宣誓友情也像是在搞小團體，其他同學看了不知道會是什麼表情，大概會覺得我們這五個人眞的是有夠活在自己的世界裡。眞不曉得是誰提議的。」

眞是難以相信我們當時候居然還就照做了。青春無敵哪、是吧？

『你的那段話是什麼意思呢？』

「嗯？」

她大致的唸著：『約定十年後海邊見，還要再做一樣的事情之類的。是什麼事情呢？』

我難爲情的笑了起來：

「大概就是把人丟進海裡吧！那時候我們只要去海邊，就會瞎鬧著把她們三個人丟進海裡去，墾丁、旗津、澎湖、東北角……各式各樣的海啊，我們都在做同樣的事情，我們那時候很喜歡去海邊玩，我還記得有回大晴穿著救生衣在海上演浮屍，然後我們就這樣把船划走，她差點嚇哭，因爲她不會游泳……」

青春無敵哪、青春的我們；我們那時候沒想到，我們後來會走缺。

「或許當時眞的應該買畢業紀念冊的，現在想看一看，都得麻煩死了跑回學校呢。」

『或許你們眞該再聚一聚的，就當作是送給浩琳最後的禮物，畢竟，這是他生前，最想做的事。』

最後，她這麼說。

畢業留言

柯杏芙：

親愛的大晴、羅婈、佑瑋、浩琳以及這四年來一同成長的好夥伴

很開心與你們相識，你們的活潑、熱情帶給了我許多美好的回憶，謝謝你們！

願大家在畢業之後都能夠走自己想走的路，尋得屬於自己的一片天～～

許佑瑋：

感謝親愛的同學爲我帶來四年令人永遠難忘的美好時光

大晴、羅婈、杏芙、浩琳，讓我們來做個約定好嗎？十年後海邊再相見！

就讓我們再創另一頁生命中永不磨滅的美好回憶吧！

黃大晴：

何其幸運能夠遇見你們
給我最親愛的夥伴：羅婈、杏芙、佑瑋、浩琳
讓我們相約下一個十年吧！

羅婈：
世界上美麗的事物並不長久，但記憶卻是永恆不滅
尤其在這裡的每一天，因爲有你們，才能使我的每一天都充滿了無盡的歡樂
大晴、杏芙、佑瑋、浩琳，別忘了我們的眞情相對
我們要當一輩子的好朋友喔！

黃浩琳：
念這所學校是我的決定，而能夠和你們相識相遇相知則是我的福氣
感謝大晴、杏芙、佑瑋、羅婈，讓我們把這份回憶續成爲永恆吧！

沉默FB

感情，是會慢慢累積的
而崩壞
往往卻只是在一念瞬間

第一章

發了場夢醒過來，而時間是凌晨四點鐘，窗外的雨忘記停了沒有，只記得夢還清清楚楚地繞在我的腦海裡跑。

夢的開頭是姆姆來台中找我，而我開車去接她，文心路三段的高架橋，夢裡的台中高鐵站變成是這裡，還有個荒涼到令人哀傷的狹小停車場，還雜草叢生。不明白爲什麼這荒謬的非現實場景像是電影特寫鏡頭似的烙在這夢的開端。

接著場景再換，夢裡我們騎著機車回家，而邏輯在夢裡從來就不適用，快到家時姆姆才問我：那麼停放在停車場的車子呢？怎麼辦？在夢裡我還好當眞的生起氣來：爲什麼妳不早點告訴我？妳每次都這樣，每次！

我在夢裡氣壞了，是個連做夢都愛生氣的人，我。

場景又換，我隻身回到不是現實中的台中高鐵站，不過大廳同樣的大，而我也同樣是現實生活中那個容易迷路的我；大廳裡有幾個人在喊我，想喊住我，我並不認識他們，可是他們一直喊我，就要喊住我；我越走越快，走了好久找得好慌才終於找到停車場，接著邏輯同樣矛盾的是我又騎著機車回家，但和現實相同的是：我又迷路了。

騎著機車我來到一段下山的山路，山路裡有幾個好大的轉彎，並且，這裡人煙罕至，而我很害怕，儘管夢裡的時刻是下午，清清楚楚的是下午，簡直像是要暗示我什麼預知似的那種清清楚楚；夢裡我惦記著姆姆還在家裡等我，我覺得時間過了好久，時間已經過了太久，而我想回家，可是我一直在迷路我一直回不了家。我已經好幾次夢見在那個地方迷路，不曉得現實生活中是否存在的地方，是個類似台中交流道的地方，我老是夢見在那裡迷路。爲什麼？

夢的最後是我停在一處看似客家聚落的山腳處找人問路，就在一個小巷裡的店門口，我以前也曾經夢過這地方，在夢裡我開始懷抱著現實感的感覺到這一點；店的門口有兩個年輕男生想要帶我走，一個好高大而另一個眉毛濃，我不認識他們，然而在夢裡我卻感覺自己**好像應該**認識他們；我正擔心著該怎麼辦呢的時候，我伸手拍了拍就站在這兩個年輕男生後面的許佑瑋，我的感覺像是得到了解放，因爲許佑瑋就站在店的門口排隊等著用餐，而他的身後是羅婈和杏芙，感覺眞像是回到從前，從前我們五個人老是鬼混在一起的時光。

醒來之後我的第一個念頭是：黃浩琳呢？他怎麼不在？

黃浩琳怎麼可能在。

應該就是日有所思夜有所夢吧、我想。睡前我在FB上看到一則署名爲黃浩琳的交友邀請，雖然無法確定這是巧合還是某人的惡意玩笑，不過確實我的心情因此就變得很差，我只認識那麼一個黃浩琳，而他在夏天的時候死了，死掉的人怎麼會從FB寄送交友邀請呢？如果換成是去年這時候的話，我一定是忙到沒有多餘的心思去猜想就這麼果決的把它刪除然後就此遺忘吧，往後連跟朋友跟同事在茶餘飯後提都不會提起的那種就此遺忘，還眞忘得一乾二淨；完全不像現在不但讓它在心底滋擾甚至還爲此發了場夢。

忙碌的快節奏人生果眞還是比較有益心理健康。

去年這時候。

今年冬末春初的時候我去了趟新加坡出差，在旅程的最後一晚、夜半睡夢時刻被地震給擾醒，原本以爲那只是我發了一場地震夢的潛意識聯想而已，因爲記憶中新加坡似乎是個不會也不應該有地震的國家（事後查證也確實如此，因爲地理位置的關係），然而隔天在旅館用早餐的時候，在閒聊這趟旅程時隨口提起這件事情，同事卻說她也感覺到了那陣強烈的搖晃而且約莫也是半夜時分——

『連床也在搖晃喔，很強烈的搖晃，如果是地震的話應該起碼六級有喔。』

老家在南投、也經歷過九二一恐懼的同事餘悸猶存的如此說道。

接著我們聊起入夜之後旅館房間那忽冷忽熱的空調眞不知道是怎麼一回事、在烏節路上這種等級的旅館應該不至於會有這種爛空調啊……當我們意識到對話似乎即將被導向旅行鬼故事的方向之後，兩人便很有默契的打住這話題，轉而提醒對方最後的行李整理以及工作確認這些瑣事去了。

回台北之後我們對於旅途最後一晚那夜半無法解釋的強烈搖晃都不再提起，然而確實是從那之後我經常會在睡夢之間感覺到同樣的搖晃因而驚醒。

『是不是卡到什麼不乾淨的東西啊？妳找個時間去行天宮收個驚吧。』

媽媽在電話裡擔心著，還叨唸著如果眞沒時間的話，不如就寄幾件我常穿的衣服讓她帶去家附近的廟裡收驚也行；我沒有照媽媽的話做，還告訴她這是沒有科學根據的迷信。

柏勳也這麼認爲，不過在好幾次他因此也被我倒抽一口氣起身給驚擾了睡眠之後，他開始溫吞的提議我、或許可以考慮去精神科看個醫生？

『可能是工作壓力太大了吧？』

「我這十年來工作壓力都是這麼大，沒道理現在才這樣吧？」

我這麼告訴他，最後還糾正他應該改稱身心科才對，說精神科未免太不合時宜而且也太不人權了。有時候我也滿討厭我這倔強又難纏的個性，說好聽點可以說是性格或者有主見，不過確實在很多情況之下就是倔強又難纏沒錯，如果有個什麼藥吃了可以消除這性格，或許我會一路跑去醫院報到吧。

或許。

無論如何從那之後我就開始漸漸待在自己的公寓裡過夜，這麼一來被吵醒的就只剩下我自己以及夜半的空氣，而空氣既不會抗議也不會提議我去看個心理醫生，或許是因此心情放鬆了的關係，半夜的搖晃因此不再，可是取而代之的卻是莫名的耳鳴；正確來說是從夏天開始而且很明確的是左耳耳鳴，彷彿心臟錯位到耳膜上的那種搏動性耳鳴，而且說不通的、總是在晚上十一點左右開始，還每天每天；而這次我去看了醫生，總共去了兩家診所也上了大醫院檢查，可是醫生們卻都說耳膜和聽力都沒有異狀。

「既然如此爲什麼會這樣呢？實在是吵得我睡不著啊。」

『因爲耳膜確實是健康的，而且聽力也做了檢查並沒有受損，再加上妳也沒有頭暈頭痛的現象，所以不太可能是妳一開始認爲的梅尼爾氏症。』

他看得出來我是有備而來，而且沒有那麼容易打發，我懷疑醫生在我的病歷資料裡加註自以爲是的妄想症幻者，我想問他爲什麼醫生都要用英文key in病歷？這裡難道不是台灣嗎？我們的語言難道不是中文嗎？我很高興自己忍住沒問。

『如果妳還是很不舒服的話，我可以幫妳轉診腦神經內科或者身心科檢查，有可能是腦部的問題或者是自律神經失調。』

我告訴醫生不用麻煩了。我很高興醫生沒有開藥給我，否則我很可能會立刻追問他這藥的療效是什麼？副作用有哪些？然後在等候領藥的時候拿出手機Google查詢，還再一次問藥師確認。

這樣的個性眞累，怎麼以前我都沒有發現。

我覺得好累。

不用醫生說我自己也知道，這是個惡性循環：晚上沒睡好，所以白天容易累，一開始是單純身體上的疲累，到後來則演變成爲心理上深層的倦怠，一直就懷抱著高度熱忱的報導工作漸漸在我眼中變成是無聊的重複，我開始覺得新聞不過是一再的重複、只是主角換了個人物，我開始無法明白爲何這麼多年以來我都覺得這份工作有趣？我還是很享受把報導文字化的工作過程和報導帶來的高點閱率，只是不知怎麼、每當我採訪回來，卻總是瞪著電腦、腦子一片空白，有幾次我甚至只要打開電腦就開始頭暈想吐。我想或許這整件事情的起因完全就只是職業倦怠。

我不明白該拿自己怎麼辦？又該怎麼處理？我只好坦誠地把這情形向主管說明，他同意我放自己一個長假。

『確實工作太久太努力是會失去彈性，人其實就跟橡皮筋沒兩樣；妳就當作是學生放暑假好了，在這個夏天妳好好放鬆調整心情，然後夏天結束的時候，記得歸隊。』

可是我倦怠的好像不只是工作，還包括人際關係。

在這整個夏春天裡，我和好幾個朋友吵了架，都是認識好多年的要好朋友，都是無聊透頂的細枝末節引發成爲的不想要再看到對方。可能只是對方說了些什麼不中聽的無心話語、而我卻越想越氣，可能是對方約會遲到、於是我不願等待就直接走人；還有幾次是我坐在咖啡桌的這一頭、百思不得其解究竟是爲了什麼我得要耗在這裡聽對方一肚子無聊的抱怨？然後開始覺得對方的臉越看越是討厭。

雖然我性格的強項從來就不是好脾氣，可是這個夏天我暴躁到連自己都難以置信，在這個一團亂的夏天裡，我以驚人的速度和朋友吵架決裂，數量之多、連我自己都不禁要納悶，原來我的朋友好多。

我彷彿情緒失控，我不知道我是怎麼了，又，該怎麼辦？我只是一再的瀟灑走人，轉身離開，彷彿多年友情並不值得留戀，而且反正我還有姆姆他們。

可是最後我卻連姆姆他們也失去。

整件事情的起因是旅遊，我因爲旅遊的事情對姆姆他們發了頓脾氣，事後回想確實是我反應過度、於是他們也氣了起來，然而當我氣消之後拉下臉來道歉沒想到他們還在氣頭上，於是這會兒換成是我又氣了起來，就這麼我們互相生起對方的氣來，只是這一次，被離開的人是我；我沒想過會失去他們，沒想過我們不會再是五個人的團體，對我而言，他們是工作之下、柏勳之上的排名份量，他們是從前我們五個人的替代；如果說黃浩琳他們是我一起走過青春的朋友，那麼姆姆他們就是我一起送走青春的朋友；而那年我們五個人形同陌路之後，我之所以不痛不癢、毫不感傷，是因爲已經擁有姆姆他們這另一個五人團體，而現在呢？怎麼辦？我還能再擁有新的五人小團體嗎？我接下來會不會連柏勳也失去？

我失控得好累，眞想要直接崩潰，我覺得自己好討厭。

我想把原來的自己找回來。

我嘗試過剪回從前的髮型，穿回從前的舊衣服，重讀從前沉迷過的小說，還有重聽五月天那時期的歌，可是不知怎的、好像起不了什麼作用；後來我也去了好多從前我們五個人常去的餐廳和夜店，還讓柏勳陪我重遊我們五個人旅遊過的景點，可是結果反而更糟，結果我只是一再的看到句點，具體地感覺到這段友情被劃下句點，就如同我們五個人一起送走的青春。

『感覺好像在陪我的女朋友失戀。』

有一次柏勳這麼調侃我，我忘記當時我的反應是什麼。

然後是那一天，我在FB上看到許佑瑋寄來的交友邀請，於是我才發現，我的起點其實比我記憶所及更早更遠，我之所以變成現在的這個我，是在和許佑瑋他們攪和的那幾年，逐漸成形。

我以爲我早已經忘記，但原來，我只是沒有機會想起。

回憶，回來了。

許佑瑋說他最近才開始上FB，是從好友搜尋的MSN信箱找到我的，然後他抱怨我幹嘛不用本名黃大晴而用黃小五這小名，害他花了好多時間搜尋卻徒勞無功；我回信告訴他因爲黃大晴這名字太霸氣了、爲了平衡起見，所以後來改用黃小五這小名看看能否緩和一點我的強勢性格，但顯然好像沒用，因爲後來的我似乎更變本加厲的強勢和任性，不過幸好是性格上還有其他的優點能彌補。

爲什麼在爭吵的時候，我們總是刻意遺忘對方優點而只氣惱對方的缺點呢？

和你在FB重逢的感覺眞奇妙，我告訴他。

就這麼、我們開始用FB上的信箱通起信來，我們聊著彼此的近況，我們也聊著共同的朋友他們的近況，他說最近才和杏芙聯絡上，她準備暑假結束之後就留職停薪到澳洲遊學。

或許我們這一次眞該替她辦個歡送會。

我回信這麼開著玩笑，而這果眞是只有置身其中的我們才能懂得的玩笑，我們開始聊起那幾年如何如何拿這件事情開杏芙的玩笑，每次吃飯總要來上一句：今天就當作是杏芙終於要把自己送去遊學的歡送會好了！回想起來還眞的是滿過火的亂開玩笑、我們那時候。別人聽來大概會覺得很無聊吧，不過確實當時的我們總是因此笑個不停還笑彎了腰，而如今想來也還是覺得好笑，是這麼一回事，這青春，這回憶。

和許佑瑋交換近況的感覺很彆扭，畢竟有那麼多年的時間，我們就是彼此的近況。

我們都記得最後一次見面是在台中美術館附近的小義大利餐廳，我們都沒有提起在那一次見面的時候，我們其實都已經不太知道該怎麼跟對方說話了。

我們很禮貌的沒有提起這件事，我們避而不談改聊別的，我們聊羅婈。

那麼羅婈呢？我問他而他也問我，才知道原來我們和羅婈都失去了聯絡，我們都只聽說好幾年前她結婚了，而我們都沒有去她的婚禮，她沒有邀請我們。我們還是沒有因此想過要試著聯絡上羅婈。我和她之間是有個什麼誤會，但我們都沒有選擇說破，我們避而不談；我知道她很氣我而我很氣她氣我，事隔多年之後回想起來我還是覺得好氣，眞無聊，眞幼稚，眞可惜。我們曾經是那麼的喜歡對方還以姐妹相稱哪！還互相約定要當彼此的伴娘呢。

我和姆姆他們會不會也演變成這樣呢？不知道羅婈後來找了誰當她伴娘呢？

我們還聊了很多的往事，那些瘋啊那些傻的，那些未經大腦思索就衝口而出的語言和玩笑，還有那些多愁善感的惆悵，眞是笨笨的當時我們，眞是青春好無敵。

我們都同意年輕的時候眞是衝動又不怕死而且怎麼回事居然都不害怕丟臉，早就不敢那麼做囉，而且也沒有那種體力了，回想起來那樣居然沒有發生意外也沒有生病還眞是老天保佑，謝謝老天保佑；很多事情是眞的只有在年輕的時候會做敢做，我們都很高興在我們年輕的時候陪著彼此把那些瘋啊傻的好丟臉的事情都做盡了。

我忍不住想問他身邊其他的朋友年輕的時候是不是也像我們一樣？我想告訴他我曾經以爲每個人年輕的時候就是像我們那樣子的過，可是姆姆他們好像並沒有這樣，反而是在遇見妳之後，我們才開始這樣過。他們這樣告訴我，他們曾經這樣告訴過我。

然後這封信並沒有機會發出去，因爲在這之前，他寫信問我知不知道黃浩琳死掉的新聞？

我說我不知道，我這陣子過得既萎靡又空白，我在給自己放個空白的長假，名義上我是向工作請了假，但感覺上我是在向生命請個假，而我眞希望這假期能夠結束，早點結束；只是我不知道該怎麼讓這低潮結束，我做了好多的努力都徒勞無功，後來我乾脆放棄什麼都不做就這麼空白到底算了。

我後來上網查詢了這則新聞，可是新聞透露的細節不多，我想過打幾通電話向同事們打聽，可是結果我並沒有這麼做，眞不知道爲什麼我提不起勁這麼做。

和許佑瑋的通信也是，在交換過近況以及回憶完往事之後，我們的話題就乾了，慢慢也就不再給彼此寫信了，感覺眞像我們最後見面的那一天重新上演，只是這一次，只有我們兩個人，而且只透過網路，不再面對面。

我們在重逢之初就交換了彼此的手機號碼，可是從頭到尾誰也沒有打過給誰，或許是我們多心的認爲，就算打了電話過去，張開了口、也不知道該說些什麼才好。

過去，從來就回不去。倒是回去幹嘛呢？現在的我甚至會這麼無感的認爲。

我還是繼續過我的空白假期，度我的莫名低潮，直到這一天這一夜，我收到已經死掉的黃浩琳寄送來的交友邀請，然後我發了那場關連夢，接著醒來之後我想起或許可以寫個信問問許佑瑋、知不知道這是什麼情形？

我拿起了手機又放下手機，我改變主意把自己帶下床去，翻箱倒櫃的找回憶，找那被打翻的回憶。

我把那本已經沾滿灰塵、早已陳舊泛黃的夢的記錄本抽出來，打開來，拿起筆，我開始把方才的那場夢盡可能仔細地記錄下來。

這是年輕時代的習慣，這是和黃浩琳養成的習慣；而有很多的事情，我們只會在年輕的時候做。

第二章

打翻回憶的箱。

寫完夢的紀錄之後，我往回頭翻閱著從前夢的日記，眞是驚訝我居然發過這麼多精采的好夢，不是日有所思夜有所夢的那種關連夢，而是電影般的情節夢，最精采的一則是沒有影像只有聲音，那場夢裡有個陌生女聲在我耳邊低語著：告訴他／她，我死了。眞是有夠毛骨悚然的，我幾乎是立刻回想起當時夢醒之後的顫慄，這麼精采的夢我居然後來忘得一乾二淨，還好夢的日記有保留下來，天亮之後我要記得跟柏動說。

更驚訝的在後頭。

我一發不可收拾的開始翻閱從前的舊卡片，從國小開始收集、雖然一張張不佔空間但積累起來份量依舊相當驚人的這箱舊卡片我居然還不嫌麻煩的從台中的家帶了過來，想來要不是當初搬家時我認定會有經常翻閱的必要、就是當時我直覺這種珍貴的私人回憶紀念品應該隨身收藏才對。原來從前的我也曾經是個念舊又重感情的傢伙啊。

滿一般的卡片，生日卡，聖誕卡……還有一些是彼此的信件往來，幾乎都是高中之前的信件，那是個網路還沒開始普及的年代吧、我想；很多很多寫下孩子氣話語的卡片、幾乎都是國小國中時期，更多更多的開頭是：妳好嗎或者生日快樂或者聖誕快樂，然後就開始把對方當聽眾、自顧著寫起自己心事或近況的卡片，真是自戀的傢伙，幾乎都沒聯絡了；我會不會也是這種人呢？真是想不起來，真想叫那些人把我寄過給他們的卡片還回來。或許我可以來辦個交換卡聚會？

這麼看來我以前似乎是個還滿積極保持聯絡的人嘛，回想起來是還滿高興我經歷過手寫卡片的年代。不知道網路世代之後的小朋友還會這麼做嗎？還會給同學寫張卡片嗎？我眞懷疑。

卡片依照就學時期、寄送人一綑一綑的分類妥當，而且我還在信封上註明收到的年份，當時候看來是多麼多餘的動作，如今倒是珍貴了，因爲很多很多的人是不會在署名之後寫下日期的，而當時還那麼年幼無知的我們，哪會想到很多很多的回憶在歲月的洪流之中是會被遺忘被丟失的；眞高興當時候的我就已經有這方面的先見之明：卡片裡寫的是哪一年的事？甚至誰誰誰最後聯絡是在哪一年？就可以一翻便知。

感覺眞像是和被丟在過去的自己重逢，藉由這些陳舊的卡片。

而卡片裡頭有少少幾張是屬於大學同學這族群，不過沒有一張是黃浩琳他們寫來的，這點讓我有些納悶，不過這納悶並沒有維持太久，確實大學生的年紀大概是已經不太時興寫卡片這玩意了，而我們五個人又已經天天見面、還給彼此手寫卡片說來是有些難爲情，而且反正我們的相處模式確實也是刻意在避開溫情的那一套，反而是毒舌嬉鬧的多，好像這才算是眞感情似的。

不過話雖如此，每年彼此的生日以及聖誕節和跨年我們五個人都會一起過，算來一年五次的生日外加聖誕節和跨年……這麼加總起來我們還眞是共同度過了幾十次的節日呢！我忍不住驚訝的吹了個無聲的口哨。

不過大學時期的照片倒是佔據了相簿裡的絕大多數，原來數位相機是在我大學畢業之後的幾年才發明的啊！我驚訝的發現。這畫面眞像是老人家在凝望遙遠的回憶，老了眞討厭，我忍不住嘖了一聲，然後，是的，那場回憶的畫面就像是針似的扎進我的眼——

——還有十五年，那時候我們都三十好幾了，好老喔～～

——敬我們！跨世紀的友情！

——歡迎新世紀！我愛我們五個人！

——我愛五月天！我要賺大錢！

——等一下我開車，你們這三個酒鬼。

——敬我們，跨世紀的友情。

照片。

照片裡的我們，都還年輕得好不像話，而且照片裡的我們，都笑得那麼開心，打從心底開心。

只是黃浩琳卻已經死了。

難過的感覺此時才遲遲地涉進我的心底，不太確定的。

看著已經死掉的人過去的照片這感覺好怪，五味雜陳的，說不出；於是嘆了口氣，我闔上相簿，打開電腦，我把五月天的那首〈我心中尚未崩壞的地方〉點播給此刻的我，以及記憶裡的黃浩琳聽。

回想著理想　稀薄的希望　走著鋼索　我的剛強
偉大和偽裝　灰塵或輝煌　那是一線之隔　或是一線曙光
每個孤單天亮　我都一個人唱　默默的讓這旋律　和我心交響

就算會有一天　沒人與我合唱　至少在我的心中　還有個尚未崩壞的地方

詞：阿信　曲：怪獸

想來她的第一封信是在發出交友邀請之後才寫的，可能她打字太慢，可能我的耐心太少，可能她沒有設想周到，無論如何我當時只看到黃浩琳的交友邀請而沒有看到她事後補上的這一封信，就這麼關了網頁，錯過，還誤會這是個惡意的舉動。

她說她是黃浩琳的女朋友，還括號自問自答著：是否該改稱爲前女友呢？她說她是在許佑瑋的好友名單上看到我的，她花了好一陣子時間才想到黃小五可能就是黃大晴，可是我的資料我的照片我的塗鴉牆全都不開放，所以她無法確定這究竟是不是我；不過無論如何她就是姑且一試的寄送了交友邀請給我、以她的名字，而我沒有理會，陌生的交友邀請我一向不予理會，FB上的廣告垃圾太多了、因爲；於是就這麼空等了一陣子之後，她想到可以用黃浩琳的帳號寄送交友邀請，但卻沒想到先寫個信說明，爲此她感到抱歉，她在信裡重複了好幾次抱歉眞抱歉，感覺上她好像正在網路的另一頭磕頭謝罪似的。

感覺上是個教養良好的女孩，我忍不住把她和羅婈聯想比較了一下。

我因此回覆了交友邀請，她的，他的。我不知道這麼做有什麼意義，只是覺得這麼做反正也無妨。我告訴她我不知道原來黃浩琳有FB，在生前。

他幾乎不太使用。她回信道。他既沒有放上照片也沒有塡上資料，連塗鴉牆也是空白的一片，不過還是因此被幾個老同學找到，還加入了大學以及高中的社團；他還滿常上那些社團看看這看看那的，滿好玩的、他說，好多遺忘的回憶再一次被提起還討論，還滿有些人會掃描舊照片放上去，有一次甚至還有人貼文討論這個黃浩琳究竟是不是他們的同學黃浩琳？不過他沒有回應，他從來就不發文也不回應，他只是光看看而已，他覺得這樣很好玩，好像個旁觀者似的，參與他其實置身其中的這一切；他想過要把許佑瑋也加入社團，不過那時候許佑瑋好像還沒有FB、在他生前。

我們不是同一個班級甚至還不同科系，所以我不清楚那邊的狀況，我只是因爲羅婈的關係所以認識了他還有許佑瑋。我當時候直覺想要這樣回信，但是還好在按下Enter鍵的時候有稍微停下來想了一下：這字句看來似乎是太不近人情了，而且好像在撇清什麼或者生他的什麼氣之類的。於是我刪除了重key：

很難過他過世了（從許佑瑋那邊聽來的、前陣子），希望妳節哀順變，R.I.P。

Enter。

我以爲我們的通信會就此打住，就像和許佑瑋當時那樣，當往事聊完之後，我們重新恢復成兩條平行線，至多在彼此的塗鴉牆或者照片回應留言，不過我們倒是從來都沒有這麼做，我沒想過爲什麼，也沒想過要問。

然而她卻回了這麼一封信過來，她問我：如果可以的話，見個面聊一下好嗎？

有必要嗎？對著電腦螢幕我眞的這麼脫口而出。

我不知道該怎麼拒絕，所以乾脆就裝作沒有看見，然而她卻不放棄的又寄上這麼一封信：

聽許佑瑋說妳現在是個記者，我知道妳一定很忙，或者我上台北去找妳好嗎？

我難道沒有告訴許佑瑋、我現在正在休人生低潮空白假嗎？這又沒有什麼好隱瞞的。或許是翻查我們的對話mail太麻煩，或許是反正我現在確實是空閒得很、所以見她個面也無妨，更或許是，沒見到黃浩琳最後一面，所以見見他的女朋友也無妨吧？我想，於是我回信告訴她，我這週末會回台中家。就這麼我們交換了手機號碼，我有稍微的想過要不要約許佑瑋也一起呢？但後來想想還是作罷，因爲反正她也沒有提起。

而我只是在想：對於已經過世的男朋友，究竟是該自稱爲他的女朋友還是前女友呢？

管他的。

我提議這星期日下午約在星巴克見面，如果她不介意的話、就乾脆約在台中高鐵站的星巴克好了，這麼一來就不用有時間壓力。然後我停下鍵盤上的動作想了想，好像太霸道又太強勢了點，於是我多加了一句：如果妳不介意的話。

她回信說沒有問題，倒是滿驚訝我會選擇星巴克，她提議台中還有滿多特色或者人文的咖啡小店，在信的末了，她提起之前和杏芙那次的見面，她說她很喜歡那家從前我們經常待著的二樓咖啡店，那裡的冰咖啡確實值得推薦。

我沒想過她和杏芙見過面，而且還去了那家咖啡店，我已經好久好久沒有想起那家咖啡店了。如今想起杏芙多少還是會讓我的感覺複雜，我沒忘記她是我在高中認識的第一個好朋友，當時候她的座位就在我的後面，開學的第一天當老師（還是班代？）逐一唸著每個人的座號時，我粗心大意地聽漏了自己的，我的座號是十八，我記得很清楚，因爲當台上的人唸到十八號時在座沒有人舉手，直到杏芙拍了拍我的背，然後小小聲的告訴我：『嘿！十八號是妳。』

我也沒有忘記變成好朋友的不久之後，我就開始厭煩透了她的凡事畏畏縮縮以及總是想得太多又做得太少，而我又偏偏是個行動派，我尤其受不了她老是把『可是』這兩個字掛在嘴邊的習慣，或許是連她自己也沒發現的習慣，我老覺得她好像個拖油瓶賴在我的身邊，雖然這麼想實在過分，但確實那時候我就是這麼覺得沒錯。

然而她卻是個忠誠的朋友，好朋友，儘管後來不久我便和另外四個性格相似而且相當聊得來的同學混成一夥小團體時，她依舊是那個貼心的柯杏芙，保持微笑，並且在我又粗心大意的情況之下提醒幫忙；我不會忘記後來她和個轉學生變成兩人一組的好朋友時，我心底是多麼的感覺到鬆了一口氣。

後來我們卻考上同一所大學還有緣的相同科系相同班級。

於是我才明白，看著自己慢慢厭倦對方，而對方感情卻依舊如昔的時候，是一件對彼此都殘忍的事情。

我記得幾年前她曾經寫過一封E-mail給我，可能是在新聞報導上看到我的名字吧、我猜，她的電郵其實還在我信箱的聯絡人裡，只是她換了title也忘了在信的末了署名，於是我就這麼冒冒失失的回了信問道：妳是誰？然後，是的，之後她就沒再傳過信件給我，我想那封回信可能傷害了她的感情、畢竟我們是彼此同班最久的同學，我有想過要寫個信告訴她這前後的經過（嘿！我後來檢查了妳的E-mail address，妳知不知道是妳自己把title換了的？），但最後總是作罷，因爲太尷尬了，也因爲我太忙了。

不知道現在的杏芙過得好不好呢？希望她過得好，眞的眞的希望她現在過得好，或許這次眞該替她辦場歡送會呢？夏天好像快結束了。

隔天她回信解釋她們那次的見面，還補充了和許佑瑋的電話聯絡，如果不是她補充說明的話，我會以爲他們其實都還有聯絡，我指的是黃浩琳和許佑瑋，我原以爲她和許佑瑋因此認識好多年，然而原來並不是。

我告訴她沒有關係、方便起見我們就還是約在高鐵站的星巴克，我沒告訴她因爲有很多的事情，我們是只有在年輕的時候才會做，就例如認識、到訪一家又一家的陌生咖啡店。

是高中時候開始養成的習慣、直到工作三兩年後結束，這習慣；此後星巴克變成了我唯一的偏好，因爲又快又方便，而且咖啡眞是沒話說的大杯。我恨透了好多咖啡店裡那些三兩口不到的杯子小小的熱咖啡。咖啡豆又不貴好嗎！小氣巴啦個什麼勁！每次遇到這種情形，我都好想這麼對著店老闆大吼。

高中的時候我也有一群爲數五個人的好姐妹，很奇怪我總是會有一群爲數五個人的好友小團體、在每個求學的階段，以及工作之後的姆姆他們；無論如何高中那三年的寒暑假我總會和尹軒兩個人以「今天眞是沒事做，不如就出門來找個什麼的打工吧！」爲理由，就這麼騎著腳踏車胡亂選擇一家沒去過的陌生咖啡店待著耗掉整個下午，完全忘記原先的目的，如果運氣好挑到一家還不錯的店，就會立刻把其他三個姐妹也找來；那時候的我們偏好的是古典玫瑰園或者小熊花園這類外觀漂亮而裝潢氣質的店，喝的也多半是女孩子氣的花草茶，是在高二暑假的某一天我記得很清楚，我在一家麵包店附設的咖啡坊裡，發現薰衣草茶看來漂亮聽來夢幻但喝來卻好像洗頭水，我後來恨死所有一切薰衣草味道的物品。

上了大學之後，這習慣依舊，只不過交通工具換成了黃浩琳的車、桌上擺的換成是咖啡，而身邊和對面換成了黃浩琳他們。

他們。

我們。

第三章

兩杯熱拿鐵，台中高鐵的星巴克，最角落的那個位置。

我們沒用上手機就認出了彼此，我不曉得她看到我的第一印象是什麼，不過當我看著就坐在對面的她時，雖然明知不太禮貌、但還是忍不住打量了起來：她的個頭相當嬌小，又長了一張大眼睛的娃娃臉，斜瀏海長馬尾，看起來實在很難相信她年紀比我們大一點，她看起來不像年過三十，她如果自稱還是大學生的話，或許我都不會懷疑。

她和羅綾完全不同類型。

「抱歉這樣盯著妳看，不過……」

我聳聳肩膀，不知道該怎麼往下說去，索性就這麼把話打住，才想著該轉換個什麼話題的時候，我聽見她說：

『我看過羅婈的照片，我知道我們完全不同類型。』

我尷尬得笑笑，沒想到她看穿我方才心底想的是什麼。

『妳和杏芙的感覺也差很多，妳們很……互補。』

「大家都這麼說，我們兩個人簡直是赤道跟極地之間的差別。」我開玩笑的說，「難以想像我們當初是怎麼變成好朋友的。」

高中的時候是因爲座位，升上大學是因爲不好意思再一次將她拋棄、再一次害自己自責，我在心底囉嗦了這麼一堆。

「所以呢，妳見過杏芙，也見過許佑瑋，然後現在是我——」

『只有通過電話。』她禮貌地更正我：『我和許佑瑋只通過電話。』

「OK。」我接受她的更正，「那麼接下來呢？妳會想要找羅婈嗎？然後再接下來是他的高中同學？」

『我不曉得會不會繼續找羅婈，不過是眞的沒有打算要接著再找浩琳的高中同學，或者國中同學。』
「或者國小同學。」
我接腔，然後我們很有默契的相視而笑。看來她滿能夠掌握我講話的模式，我知道我的講話模式對初次見面的人而言通常是需要一番適應的。她有提過她的職業嗎？

回過神來，我聽見她正在問：
『這樣會不會很奇怪呢？在浩琳過世之後，一個一個把你們找出來，可是我們明明就稱不上認識……』
這話我想了想，然後我判定是有點奇怪、因爲確實一般人似乎不太會這樣做，但這給我的感覺倒還算是可以接受的程度，還可以。
「倒還好，只是說會好奇爲什麼？」
『大概是爲了阻止自己崩潰吧、我想。』
「感覺還滿小說的，妳看過那本日文小說嗎？《陌生的憑弔者》。」她先是搖頭，而我就這麼自顧的介紹起來，『寫的是男主角爲了逃避內心想要自殺的念頭，於是就這麼以爲陌生死者憑弔爲目的到處浪流、旅行了起來。他被誰愛著？愛過怎麼樣的人？做過什麼事情而受到感謝？在每一個憑弔的過程中，男主角一定會問這三個問題。雖然有些部分感覺是突兀的怪，不過總結來說、是還滿特別的一部小說，令人印象深刻。』

她耐心的聽著我說完這一堆之後，才繼續說起方才她被我打斷的話：

『我沒有讀過這本書，不過在浩琳的書架上看過，滿厚的一本書。我想他大概有跟我提過，甚至還推薦過，不過……』她沉默了一會兒之後，才像是解釋也像是換個話題、說：『我最近開始在整理他的遺物，不，應該說是最近才覺得似乎是應該要開始整理他的遺物了。』

他的東西很多。她抱歉似的說。

有那麼一刻，我覺得她似乎就要哭了出來，我在心底拚命想著該如何安慰她呢？實在是想不出來，安慰別人實在不是我的強項，尤其她的身分對我而言又有點特別。不過我並沒有爲此煩惱太久，因爲她接著做了個深呼吸，然後就這麼讓情緒恢復了鎮定。

是個堅強的女孩，我心想。如果換成我是她的話，我肯定辦不到像她那樣子的堅強吧？我可能不是崩潰就是否認，最有可能我會一直一直很生氣、氣對方那樣子的死掉、而我卻要被丟下，還面對，還傷心，還要整理被他／她留下來的東西還有我自己！

是這麼一個任性的人，我。

彎腰我從行李袋裡拿出厚重的相簿，接著我告訴她那天在整理卡片時的念頭，交換卡片的念頭。

「只是很可惜我和黃浩琳並沒有互相給對方寫過卡片，否則這會兒就能夠送還給妳了，不過我帶了我們那幾年的舊照片過來，妳想看嗎？年輕時的黃浩琳。」

她點頭說好，然後爲此道謝，還說如果我事先提及的話，她就可以把黃浩琳的電腦帶來、而我們就可以交換我們各自認識的黃浩琳了。我告訴她沒有關係，或許我們下一次就這麼做。

我們翻閱舊照片。

很多的照片她其實早已經看過、在黃浩琳那邊的相簿裡，只是相機版本的不同、於是角度或者表情不同；我不知道她是在黃浩琳死後翻閱呢？還是生前她陪著黃浩琳一起翻閱回憶？我沒有開口問她，不是害怕她會哭出來，而是我不想一直面對黃浩琳死掉的這個事實，還得眼看著她親口說出來。

我像是說故事似的告訴她每張照片背後的回憶：這是什麼時候去的哪？在照片的之前之後我們說了啥又笑了啥。

這是今天見面之後，我們臉上第一次出現微笑。

「很好笑，現在重看這些照片，我反而會忍不住納悶：這些照片都是誰拍的呢？當然五個人的合照沒話說一定是其他的同學或者路人，但是這些三三兩兩的照片呢？一定就是我們五個人其中之一拍下的，只是說到底是誰呢？眞想知道每一張照片背後按下快門的人是誰，不過當然這是不可能會知道的了。」

『浩琳也有這張照片，他很喜歡這張照片。』

指著我們五個人在峇里島海神廟前的五人合照，她說。

「喔，這是我們在峇里島第一天拍的，第一天的第一個行程，我記得很清楚。」

有這麼一個傳說：當日落時刻只要戀人們在海神廟前接吻、戀情就能得到永恆，當時的導遊還這麼告訴我們，雖然不知道可信度如何，不過當下我們當然是立刻瞎鬧著起鬨黃浩琳和羅婕接吻，而他們接吻了嗎？記得好像沒有，反而比較記得當導遊說完這則眞實性完全不可考的傳說之後，許佑瑋玩笑似的對我說：等我存到疊起來比妳人還高的鈔票就娶妳！

眞可愛，青春眞的很可愛。

他是眞的喜歡過我或者只是說著玩呢？我那幾年沒想過要問他，後來也沒有機會問，而現在則更是沒有必要問了。所謂的錯過，大概就是這麼一回事吧。

『浩琳很喜歡這一張照片，你們五個人都拍得很好，你們看起來打從心底快樂。他把這照片放在相框裡妥善收藏，還放在床頭櫃上的位置。』

我驚訝的聽著她說出這段話，不，與其說是驚訝、倒不如說是受寵若驚才正確。我不知道他這麼重視我們的那段友情，我不知道他懷念，我以爲我們都把彼此視爲留在過去的朋友，從前的好朋友。我聽見我自己說：

「妳知道嗎？我毫不懷疑他是自殺的。」

她倏地抬頭看著我，視線筆直地凝望著我，臉上的表情像是希望我收回剛才的那句話然後再爲此道歉，或者就乾脆起身滾去搭高鐵。

但是我沒有，都沒有，我繼續說：

「我們在峇里島的最後一夜，那一整夜我們聊了很多，認識他五年多以來，從來也沒有聊過那麼深。他有提過那一夜嗎？」

像是反擊也像是指責，她說：

『沒有，不過許瑋佑說就是那一夜之後，你們的感情就此走缺。』

「或許他們三個人都這麼認定著吧。」

我不以爲然的告訴她，實際上直到現在我依舊不這麼認爲，他們四個人是怎麼想的我不得而知，不過我這一方面是很單純的只是有了另一個生活圈，另一個生活的重心，而且首先淡出我們五個人的甚至不是我、是杏芙；只是這件事情這個晚上這誤會當時他們沒有問、而我也倔強著不說，我偏不要主動說。我氣我和羅婈的友情原來比不上她和他的愛情，破洞百出的愛情。

我們都在生彼此的氣，我氣羅婈不信任，而羅婈氣我介入他們的感情，不只是那一夜的事而已，她一直就很氣我和黃浩琳聊得來又鬧得來，尤其是在峇里島的那幾天，我眞的覺得受夠了，再也不想要忍受了，最後的我眞的是厭煩了她日以俱增的猜忌。

我眞想要搖著她的肩膀請她清醒一點，那時候的我。

「那時候我只是想要再看一次流星雨而已。」

我聽見我這麼說，在十年之後，終於說。

我們住的旅館背對著一片海，我忘記了是哪片海，但反正從旅館房間就可以直接走到海灘上，旅館在那裡設置了一座發呆亭供旅客休憩；當每天的行程結束之後，我們五個人總是在海灘上喝啤酒閒聊天，就第一天的晚上，我們驚呼著看見了流星雨，好美，流星雨眞的好美；而當我再一次想起這件事情的時候，已經是旅行的最後一晚，因爲旅行團的行程排得很滿，滿得很難把每個畫面每個時刻都記得一清二楚，就算是事後翻看照片、恐怕還得有同行的他們共同回憶才能想起呢。

年輕的事情記得不多了，片片段段的，走馬燈似的，要主動說起大概說不出幾樣，眞說不出幾樣，不過若是有朋友提起回憶，就能夠全部一湧而來，點點滴滴，枝微末節，只是當時的朋友都已經散得差不多了。

無論如何旅行的最後一晚我突然又想起流星雨，我問過同房的杏芙要不要再去一次等待流星雨？可是當時她已經躺平差不多要睡了，而且確實我們隔天就要早起搭飛機，大概是體質的關係所以我這個人本來就不太需要睡眠，而且回去之後就要離開他們獨自北上工作的這個事情也讓我多少感到惶恐，於是這讓我更加決定要再等一次流星雨，因爲誰曉得下一次再看見流星雨會是什麼時候呢？

在那幾年我們五個人也等待過好幾次流星雨，只不過每次每次不是空等待就是沒有流星只有雨。

「我想過或許可以去敲羅婈或者許佑瑋的房門，不過當我這麼想著的時候，我人已經到了發呆亭。而黃浩琳也在那裡，已經在那裡。」

原來他那幾晚每天都待在那裡等待流星雨。我告訴她。

我當時並沒有多想什麼、只滿心認為有個人陪也好，比較好，畢竟面對的是一整片黑漆的海、而距離旅館房間又有點小遠，而且重點是這裡入夜之後的氣氛比我想像中的還要沉靜得可怕，我很高興能夠有他作陪。想來如果不是黃浩琳也在的話，可能我也不敢在那裡待上多久吧？

『你們等到流星雨了嗎？』

「沒有，」想了想，我說，「可能有但只是我們沒有看到，因為我們聊得太投入了，所以反而忘了要去留意天空裡的流星雨來了沒有。」

妳會驚訝的。我告訴她。我們聊了整晚的小說還有夢。

《傷心咖啡店之歌》，首先我們聊起的是這本書，當時已經出版了幾年的小說，而且我們先後也各自看過了，在那一年那一晚不知是誰也不知怎麼的提起了這本書，然後我們都驚訝彼此原來都是這本書的迷。我原先不知道他原來也閱讀，我們從來沒有聊過這方面的事。

我們聊得很起勁，書裡喜歡的部分哪、覺得可以刪去的部分哪……我們都覺得我們五個人好像書裡的他們，而那間二樓的咖啡店則是我們的傷心咖啡店。當然我們五個人完完全全和書中的角色設定以及性格都不一樣，這我們也知道，不過那書裡確實有個什麼，和那幾年的我們五個人，很像。

「他後來嘗試寫作了嗎？」

她搖頭，疑惑的看著我。

「那一夜他告訴我，他以後想要當作家，他想寫一本他自己的《傷心咖啡店之歌》。」

『我不知道他曾經想過當作家，』她說，她看起來有點難過的樣子，『我們認識的時候他還在念博士班，在那之前、好像在家扶中心裡當義工，雖然沒有問過，但我想他這一輩子大概都沒有工作過吧，他的生活一直沒有重心。』

「無所事事的生活聽起來很愜意，不過確實並不是那麼適合每一個人過。」我說：「他或許想要活在夢裡。」

她還是筆直地凝望著我，不過這次她的臉上少了情緒，卻多了空洞。

那一晚他告訴我更多的是夢。好多好多的夢，他總是在做夢，他睡得很多但總是不夠，因爲他睡不好，他老是在做夢，比現實生活還要精采好多的夢，他說他每天最喜歡做的事情就是醒來之後把夢記錄下來。

「眞的是很値得記錄的夢。」我告訴她，「後來我在好多好萊塢的電影裡看過似曾相識的情節，不過這當然是巧合，他並沒有跑去好萊塢當電影編劇，而好萊塢的導演編劇們又不可能跑進他腦子裡偷看他的夢。」

就例如李奧納多主演的《全面啓動》，這夢中夢的概念和情節在那一晚他曾經告訴過我，不曉得是不是因爲這樣的原因，後來我自己也發過這種夢中夢，不過並沒有他當時告訴我的那場夢精采，精采的程度可比全面啓動；又例如《阿凡達》，他老早就夢過那情節，只不過在他夢中的版本是海底，生活在深深海底的納美人被人類入侵還懷了異種孩子，於是被驅逐出境，很混亂的一場夢，他說，夢的情節變成特務電影上演追逐畫面，而場景換成了都市裡，夢裡的那位特務拚了命的要逮到他和他母親，夢的最後是電梯，光亮的電梯反射出他的左眼，還特寫。他看著電梯裡反射出來的自己的眼睛，他感覺到恐懼，無論是在夢裡，又或是醒來之後。

他說在夢裡他直覺那位納美人是他母親，而他就是那異種的孩子，他們被人類也被納美人追捕。不過當然當時他說的不是納美人，當時阿凡達這部電影還不存在。我忘了當時候他說的名稱是什麼，可能是海底原住民之類的吧。

我告訴她：

「在那一晚他告訴我，如果可以的話，他眞的想要活在他的夢裡，他喜歡他的夢、勝過他的人生，而且如果妳也親眼看過他述說這些夢的神情，妳會相信這個人他其實並不抗拒長眠不起，因爲當時的我聽著他的夢境、看著他述說的神情，連我都想活在他夢裡了。」

她沉默。

「我相信他是有背對著世界的那一面，雖然我沒有看過，但我是這麼相信的沒錯。」

她反問我：

『每個人不都有背對著世界的那一面嗎？』

「這倒也是。」

那是我們聊的最後一個話題，關於黃浩琳。

在相互道別的時候，我拿出手機把羅婈的號碼唸給她聽，我說並不確定這個號碼是不是還屬於羅婈，因爲我始終沒有撥過這個號碼；這號碼是從同學的通訊錄上得知的，顯然羅婈在幾年前曾經參加過同學會，因此聯絡方式就這麼被登記了下來整理成通訊錄發送給班上的每個和班代還保持著聯絡的同學。例如我。

我沒有參加那一次的同學會，而且我至今仍然難以想像，羅婈居然變成是那種會參加同學會的人，記憶中她似乎沒有和誰說過話、當然我是指除了我和杏芙之外，當然也有可能是：那時候的她，眼裡只有黃浩琳。

而我只是在想：如果我預先知道羅婈會去的話、那麼我會參加嗎？不曉得，眞的不曉得，這種假設性質的問題一向就很難回答。

「不過WhatsApp上確實還有顯示，所以是還被使用的號碼沒錯。」

『妳沒想過傳個訊息確認？』

「確實是有想過，但一直沒有這麼做。」

『那麼，妳還留著她的電話號碼做什麼呢？』

「問得好。」

我說。實際上我甚至不明白當初爲什麼還特地把羅婈的電話從E-mail的附件裡輸入手機呢！在漫漫人生當中，並不是每個問題，它都會有個答案的。這是我後來的領悟。

換了個話題，我問她：

「不考慮大哭一場或者盡情失態個夠嗎？」

『什麼？』

搖搖頭，笑了笑，我說：

「只是覺得面對悲傷，妳看起來似乎是太節制又太客氣了。」

她先是一楞，然後淺淺的笑，依舊是既節制又客氣的那種淺淺微笑，像是正面對著照相機鏡頭似的那種淺淺微笑。她沒打算回答我的問題，或者參考我的建議，她陪著我走到售票機前面，看著我遞入一張千元鈔票，然後再吐出票根以及六個五十元硬幣，在彎腰撈起票根以及硬幣的時候，我才突然想起一直就疑惑著想要問她、卻又一直忘記要問她的問題：

「對了，我從一開始就一直很納悶，既然妳是住在台中的話，那天怎麼會比黃浩琳他住在高雄的家人還要快抵達旅館呢？」

不曉得是不是我的話語被廣播聲淹沒，所以她沒有回答我這個疑問，她只是舉起手然後揮了揮，然後她張開嘴巴說了些什麼，在高鐵大廳的廣播聲中，我好像聽見她說：

『或許你們應該再聚一聚，畢竟這是浩琳死前最後一件想要做的事情。』

我好像聽見她這麼說，最後說，我指的是好像。
妳還記得十年前的我，是怎麼樣的一個人嗎？

空白APP

寂寞不會傷害你
但是你自己會

第一章

這個門號還是羅婈嗎？

當WhatsApp傳來她的這個訊息，我人正和老公在娃娃家作客聚餐。

和娃娃是因爲我們各自的老公才認識的，我們的老公是大學時代的好朋友，他們從他們兩個單身漢變成我們兩對夫妻的朋友，他們參加彼此的婚禮，出席彼此生命中每一個重要的時刻，也幾乎認識彼此身邊重要的人物，當初我和老公穩定交往之後，第一個認識的人就是娃娃和她老公；沒有意外的話，他們的這份友情大概會維持到參加某一方的喪禮還不休止吧、我想。

我很羨慕他們的這份好感情，我身邊已經沒有這樣子的朋友了，雖然我曾經以爲我會有；對此我還是感覺難免遺憾，而有些遺憾可以修補，有些則不行，我一直以爲這份遺憾會是後者，直到她WhatsApp來這個訊息爲止，然而當下我並沒有立刻回覆，是因爲此刻的氣氛熱絡，也是因爲我的反應是有點不知所措，真沒想到我的反應竟會是這樣。

我把手機丟回包包裡，繼續參與她們的熱絡，和回憶。

這張擺滿了食物和調酒的長型餐桌旁坐了連同我在內總共七個人：我們兩對夫妻以及娃娃她的三個久別重逢的高中女同學，因爲兩方約定的時間撞在一起的關係，所以索性大家約了在這裡一起晚餐。

其實就算結婚已經好多年，我還是很不習慣夫妻倆必須是一個單位、一起出現的這件事情；如果換成是別人的話，我可能會建議老公要不乾脆分別和各自的朋友聚餐就好、或者乾脆他自己出席就好，不過當主角換成是娃娃時，我則告訴老公沒有關係。

我很喜歡娃娃，她有些時候會讓我想起大晴，雖然嚴格說起來她們是完全不相似的兩個人，不過她們同樣都有獨特的人格魅力：她們把自身的優點和缺點都那麼清清楚楚的攤開在妳眼前，還表露無遺，妳可能會看不慣她們的缺點，但妳很難不被她們的優點吸引，這樣。

娃娃一向喜歡把不同的朋友群湊在一起聚餐認識，不過幾乎都是她工作上的朋友居多，而至於她的同學，我還眞是第一次見到；我其實一直不知道娃娃的本名是什麼，從一開始就是跟著老公他們喊她作娃娃，而此刻，她們不喊她娃娃，她們喊她畢業紀念冊上的名字。

老朋友和朋友的差別在於：老朋友會知道所有一切從前和妳一起經歷過的回憶，而朋友則只會知道他／她告訴妳的回憶，而一直保持著聯絡的老朋友，則會知道妳是如何一路走來變成了現在的這個自己，點點滴滴，看在眼底、擱在心底，就像是老公和他眼前的這位好友，而娃娃呢？我忍不住回想著，娃娃有很多的朋友，但好像沒有這樣的老朋友，這點我們倒一樣。

此刻的娃娃彷彿一分爲二，一個是我眼前這個生活優渥的香奈兒愛用者，每一個包包都是她親自從巴黎購買帶回，不過就在今年，她宣佈自己將要移情別戀愛馬仕，就等她訂的那只柏金包到手之後，她將要爲她的包包們除舊換新；她同時還有一雙好可愛的女兒，我好喜歡他們那對好可愛的女兒，小小的姐妹倆總是臉上笑笑的講話軟軟的頭髮香香的，她們總是喜歡一左一右的圍在我身邊阿姨阿姨的喊著我看看她們這個看看她們那個，我好喜歡這對小姐妹；當她倆一個在媽媽的肚子裡而一個讓爸爸抱在懷裡時，他們還會開玩笑的鬧著說要我們乾脆生一對兒子讓孩子們指腹爲婚好了，不過隨著小姐妹倆如今一個兩歲一個四歲，而我的肚皮依舊一直沒有動靜，逐漸的、我們也就不再聊這方面的話題了。

在還都是單身女郎的她們眼中、娃娃是個好令人羨慕的幸福人妻、人母，然而我所知道但她們不會知道的娃娃和她老公結過一次婚又離過一次婚，他們從來沒有舉辦過婚禮，也沒拍過婚紗照，我沒問過爲什麼，而娃娃也沒提。不過她很愛拿這方面的事情開玩笑：

『他是我老公兼前夫！』

『我們如果又結婚的話，會不會犯重婚罪啊？哈哈哈哈哈～～』

我注意到在她的三個老同學面前，她絕口不提這件事情。

而她們知道但我不知道的娃娃，是高中的時候就開始辛苦打工養活自己的女孩，她上課的時候總是在睡覺補眠。

『我以前都得叫她起床上廁所：下課了，該醒了。這樣。』

『唉呦我打工很累嘛。』

娃娃臉紅著說，試著想把話題帶到她高一時成績其實還不錯，有次考試還得到第三名。

『是第一學期的期中考，我還記得！』

不過她的三個高中好姐妹還是把話題帶回剛才，她們意猶未盡的說起她高中還沒畢業的時候就頂下打工的豆花店自己當起老闆娘來，最顛峰的時候曾經月入二十萬。這我忍不住驚訝，我知道娃娃是個性格強勢的女人，但我不知道她曾經是個事業女強人，我一直以爲她是個依附著老公生活、幫忙老公打點生意的妻子。

『是淨收入喔。』娃娃驕傲的說。

『那時候我們一下課就會去妳店裡幫忙當免費義工。』

『是當免費義工還是吃免費豆花啊？』

『妳那時候真該上新聞的！』她們開始討論了起來：『月收入二十萬的女高中生老闆！這標題是不是很讚？』

『唉～～真可惜當時候沒有認識的記者。』

『唉呦都過去了啦，反正店最後還不是收了。』

我有個朋友是記者。我想說，但我沒說。

我經常在新聞報導的記者欄看見她的名字，我經常會一邊讀著新聞一邊想像她採訪這篇報導、她坐在電腦前撰寫這篇報導時的興高采烈身影，然後嘴角露出一抹微笑。

我從她還不是記者的時候就認識她了，而她也是。

『妳以前是模特兒？』

回過神來，她們不知怎的把話題帶到了我身上。

「欸，高中的時候，不過只是平面模特兒而已，我沒有達成什麼成就。」

『哇！妳也太謙虛了吧？不過只是平面模特兒而已。』

『好好喔～～』

無視於我最後的那句話、她們三個人齊呼，然後七嘴八舌的問我有沒有因此認識男明星？

我無奈的看著娃娃，我不是很喜歡說起這段過去，甚至這也不是我自己道出的過去，是有回老公向他們提起的，眞沒想到娃娃就此記在心底，還對著她的高中同學提起。

「沒有啦，我是拍雜誌，沒有什麼機會遇見男明星。」

『那妳後來怎麼沒有進演藝圈？就像電視那些上節目通告的模特兒一樣啊。』

「是有過演偶像劇的機會。」我據實以告，「不過我當時的男朋友反對。」

『吭？爲什麼？有個明星女朋友不是很有面子嗎？』

因爲他媽媽是模特兒，而他說這會讓我想起他的媽媽，和爸爸。我不知道他的這句話是什麼意思，而且反正那時候不管他說什麼我都會聽，我很聽他的話因爲我很在意他，我好害怕失去他，我簡直是丟了自己的愛著他；我懷疑每個女人的一輩子都起碼有一次會是這樣子失態的愛著。或許不只是女人吧、我心想。

我在心底想著這些，但是沒有告訴她們，這反正又不關她們的事，我心想，而且，這反正也都已經過去了。

見我沉默著微笑之後，她們繼續把話題帶回她們的從前，她們闔上了畢業紀念冊翻著娃娃拿出來的舊相簿，她們嬉鬧著回憶。

我看著她們回憶她們的回憶，我拿出手機想要回傳方才那個訊息，可是腦子卻亂糟糟的不知該回覆什麼才好，才恰當，我於是把手機再度丟回包包裡；再抬頭，我突然有種錯覺是：眼前的人不是她們三個而是我們五個，我們五個人正翻著大學的畢業紀念冊，我們笑談當年，我們的那幾年。

『他以前是個很糟糕的人。』

我想像此刻作東的人是浩琳和我，而他們三個人來到我們的家作客，可能大晴和佑瑋交往了結婚了也可能沒有，從頭到尾都沒有，但反正沒差，反正大晴會這麼直接的說。她一向是個直接的人。

我想像浩琳可能會回嘴反擊也可能只是尷尬的笑著默認，接著佑瑋可能會加入戰局數落幾句或者更可能只是舉起酒杯吆喝著乾杯，之後我們會一起舉起酒杯，把那些年那些事全當成酒精喝進胃袋裡。

而杏芙呢？她會一直坐在大晴的旁邊合群的微笑，她一向就坐在大晴的旁邊安靜的微笑，她可能還會在聚餐結束之後主動收拾碗盤然後我們一起在廚房裡洗碗，才不像他們三個人，總是喝醉了就倒頭睡，隔天還鬧宿醉要我幫他們泡咖啡。

就如同我們那幾年。

我們曾經朝夕相處的生活，可是如今，我們已不在彼此的生活裡了。被劃上的句點，我們究竟是如何將彼此錯過的？每每回想起來，我總是會忍不住遺憾的如此想著。

搖搖頭，我把這個念頭這想像中的畫面甩開腦海，轉頭我望向老公，他和這家的男主人還聊得起勁，而杯子裡的Vodka Lime早就換成了雪碧；老公愛喝酒但不貪杯，他總說自己喝的是氣氛不是酒精，不管同桌的人是誰、我從沒見他喝超過兩杯，之後便會換成汽水或咖啡，然而儘管如此，每次回家的時候他還是會讓我當安全駕駛開車，謹慎又自律的男人，令我充滿安全感的男人，眞沒想到後來我會嫁給和浩琳完全不同類型的男人。

愛怕了？或許是吧。

「有朋友WhatsApp給我。」

『太棒了！妳的WhatsApp終於派上用場了！』

老公笑著說。當初他堅持幫我下載WhatsApp的時候，我還嘀咕著除了他之外、我還能跟誰WhatsApp呢？然而老公還是堅持這麼一來他人在國外的時候我們聯絡就方便多了，可是除了當初接過幾張老公傳來的照片之外，這WhatsApp就這麼空白在手機裡，直到大晴傳來這個訊息爲止。

『是哪個朋友？我認識嗎？』

「你不認識。」我說，「是個老朋友，曾經很好的朋友。」

『曾經？』

「嗯，曾經。」

還想說些什麼的時候，這家男主人起身說他該到他媽家接兩個寶貝女兒了，於是我拍了拍老公的腰跟著也起身。

『妳今天不留下來等她們玩嗎？』

他驚訝的問。

「下次吧。」

我笑著說，然後和她們道別，回家。

在回家的路上，我一方面開著廣播聽，一方面和老公聊著他這次的出差；當車子開到我們大樓停車場前面的時候，我聽見廣播主持人介紹著五月天新發行的專輯，踩了剎車，我輕聲說：

「可以在這邊等一下嗎？」

『怎麼了？』

「我想聽完這首歌，停車場裡廣播收不到訊號。」

『這什麼歌？』

「五月天的新歌，星空。」

那一年我們望著星空　未來的未來從沒想過

當故事失去美夢　美夢失去線索　而我們失去聯絡

詞：阿信　曲：石頭

在這首歌結束之後，開車，停車，上樓，回家；踢掉高跟鞋，坐在沙發上我

拿出手機，打開WhatsApp，我這麼回覆大晴：

我是羅婈。Hello&好久不見。妳，現在好嗎？

第二章

那天在WhatsApp重新聯絡上之後，我們驚訝的發現、原來我們都同樣把對方的手機號碼從通訊錄裡登入手機裡的聯絡人，可是我們都同樣沒有撥過電話給彼此，我們的理由都一樣，我們都害怕對方早已經將彼此遺忘；而，被曾經那麼要好過的朋友遺忘在過去，是一件會令人很難過的事情。

我們都害怕。

我們都沒有提起那一年在峇里島的那一夜，那心底深處的芥蒂。

我告訴大晴、除了幫我下載WhatsApp的老公之外，她還是第一個WhatsApp給我的人，並且我告訴她，當我收到她訊息的時候，我正看著別人的畢業紀念冊，回憶我們的回憶。我正好想起她，也想起我們。

好巧。她這麼回覆我。然後她電話就撥了過來：

「跟妳說，我的手指快抽筋了，我的笨手機老是無法辨識我的手寫字，我得在砸了它之前先打個電話給妳。」

她劈頭就這麼說，既沒有：嘿！我是黃大晴。也沒有：妳現在方便講電話嗎？

一切都一如從前，熟悉得彷彿我們這幾年並沒有斷了聯絡。

而此刻，她就坐在我的對面，說：

『應該是心裡惦記著今天要和妳見面，所以我昨天做了這麼一個夢，』她告訴我：『我夢到我和妳、約了我們五個人一起吃飯，可是妳卻沒有告訴我約定的時間是幾點，而夢裡我好忙，忙啊忙得不得了，眞不知道是在忙什麼。反正夢的下一個場景是我怒氣沖沖的跑進去餐廳裡看見你們四個人正愉快的在吃飯，然後我就好生氣的對著妳大罵：爲什麼要這樣子排擠我？在夢裡我眞的好生氣，氣壞了眞的。說起來也眞是夠丟臉的一個夢，這個生氣夢，眞沒想到我居然有勇氣說出來告訴妳。』

我告訴她、這個夢被她說得很好笑；我很高興儘管這麼多年沒見，但她還是我記憶裡那個有講話風趣的大晴。

「不過換成是現實的話，被兇的人應該是杏芙才對吧？」

她臉紅的笑了起來：

『是啊，我以前對她還滿兇的，老是不耐煩；還有許佑瑋也是，很喜歡開他一些如今回想起來是滿過分的玩笑，眞搞不懂那時候他們怎麼願意接受我，還忍住沒揍我一頓。』

「他們才不會。」

我告訴她因爲除此之外，她對朋友很好，她總是呼朋引伴、扮演著把我們五個人串連起來的角色。

「我很懷念以前妳總是當主辦人命令我們一起出去吃啊玩的日子，妳總是知道哪有好吃的好玩的。」

每次接到大晴的邀約電話，都會讓我有一種生命開始動了起來的感覺，而且想來也好笑，每當我們其中四個人想要大家一起去個哪的時候，總是會首先問過大晴然後再讓她安排時間通知大家。她很有把人凝聚起來的魅力。

『是啊，我眞的是滿愛發號施令的個性，』大晴說，然後用手指比著電話開始模仿了起來：羅婈妳問黃浩琳再叫他打給許佑瑋，然後杏芙我來通知，十點前回報給我！『滿好玩的，我指的從前的那些日子。』

「是啊，很熱鬧，很懷念。」

『我有問許佑瑋，不過他今天得打工沒法來，他一直囉囉嗦嗦我們下一次聚餐不要這麼臨時約、要提早告訴他好排假。祝他早日還債成功！』

「還債？」

『打工還債。他後來玩股票輸了一屁股債，這點我倒不意外，反而是比較意外他居然戒酒了，而且依舊保持中；眞難想像以前總是喝過頭的許佑瑋現在變成滴酒不沾的人了，不過這樣眞的是比較好，對他比較好。我答應他戒酒週年的時候我們再來喝酒慶祝！』

「妳很壞。」

她開開心心的笑了起來：

『開玩笑的啦，我說的是要介紹我妹給他當女朋友，他聽了還高興得哭出來呢。』

「我不知道妳有妹妹？」

『嗯，我確實沒有，是騙他的，而且他高興的哭出來也是我亂講的。』

「妳很壞。」我笑著說，然後問：「那杏芙呢？」

『她還在我們學校當系助，不過現在留職停薪去打工遊學，這會兒人可能正在澳洲採草莓吧？照片上的她看起來曬黑了不過滿愉快的，眞的是很替她高興；不過我和他們也是這陣子才重新聯絡上，才不是我那個生氣夢裡背著誰偷偷聯絡喔。』

我被大晴臉上淘氣的表情給逗笑，我記得浩琳曾經告訴過我、他很喜歡大晴爽朗的笑聲，很有感染力，我忘記當時候回應了什麼，只記得我很嫉妒；那時候我能夠隱忍他的不忠實，但卻吃味他和大晴聊得來，我甚至幾度還當眞認爲他們其實還比較適合當情侶。眞不知道我那時候腦子裡在想什麼。

抽離了那段感情之後，我現在才發現其實他們兩個人只是個性很像而已，他們都好惡分明，他們反應都很快、腦子也總是在轉著事情想，他們都有種滿不在乎的個性，他們都霸道，也有種有意無意習慣爲難別人的任性，他們都有點活在自己世界裡的傾向，他們兩個很聊得來；差別是在於大晴雖然情緒起伏很大、但確實開朗健談，而相較於此，浩琳則不快樂的時候多。

浩琳也經常告訴我他的夢境，那時候的我不是很喜歡聽他述說他的夢境，甚至可以說是害怕，因爲他臉上的表情總像是毒癮患者在敘述毒品的美好，很迷幻，迷幻得教人害怕。眞不知道爲什麼我會有這一方面的聯想。

我看著大晴低頭趕進度似的吃著早已經冷掉的濃湯，我想接著問她：那、黃浩琳呢？他現在過得怎麼樣了？結婚了嗎？還是當爸了呢？我想要以一種理所當然的自然口吻問道，可是不知怎的、話說到了嘴邊卻變成是逃避，我逃避的改口問：

「妳夢裡的餐廳該不會正是這裡吧？」

『倒是沒有夢得那麼仔細，因爲都光顧著在生氣，哈～～』

此刻我們正在美術館附近的這家小義大利餐廳吃著稍晚的午餐，我們誰也沒有提起我們那一年那最後一次的見面，然而我們卻約了在最後那一次見面的這家餐廳午餐，而提議的人是大晴，我不知道她爲什麼這麼提議，我沒想過要問，也沒有意見。

濃湯撤下，服務生送上我們的奶油義大利麵，這次我們不再光顧著說話，而是專心的低頭進食；把空了的餐盤往前推，身體往後舒服的靠在椅背之後，大晴長吁了一聲，然後說：

『對了，待會結帳記得提醒我外帶個麵包回去我們明天當早餐吃。』

「我們？」

『喔，我男朋友。他好愛這裡的抹醬，妳曉得這餐廳買法國麵包還附贈抹醬嗎？』

不曉得。我說，然後我問起她的男朋友：

「是我認識的人嗎？」

『喔，不。我們是國小同學，他媽媽是我們班的導師，好兇的一個女人。小學的時候我好像還暗戀過他，爲什麼要說好像是因爲小學時候的我根本還搞不清楚戀愛是什麼意思什麼情形，反正無論如何我們在班上沒有什麼交集更別提交往一段純純的愛；倒是高中的時候有一次我搭公車回家還在車上看過他，透過公車的玻璃窗，我遠遠的看到一個騷包站在公車站牌下等車，不難想像他後來念了設計現在自己開室內設計公司當老闆。』大晴扮了個鬼臉，然後繼續說：『話說回來，那時候我眞是氣死了爲什麼這一台公車滿載，很電影的畫面、我自己這樣覺得，同班六年的小學同學，在分隔六年之後再重遇，但卻因爲公車滿載的原因，我們還是搭不到同一輛公車，我在車上好著急但也只能眼看著我們再一次錯過，而至於站在公車站牌下的他，則什麼事情也不曉得。』

「那後來是怎麼重逢的？同學會？」

『喔，不，別看我這樣，其實我不怎麼參加同學會的。』她說，『我們是在喜宴上重逢的，我是新郎這邊的客人，而他是新娘那邊的客人，而且很好笑的是，新郎是我這一生第一個吻我的男生，我的國中同學；不過在婚禮上我們誰也沒有認出誰，人太多了因爲，反而我們是在高鐵站遇到的，因爲我們都是喜宴之後就直接回台北，還買巧合的到同一節車廂的票。』

俗話說得好，緣分來的時候，躲也躲不掉。大晴笑嘻嘻的下了這麼個結論之後，她反問我：

『那妳呢？現在過著怎麼樣的生活？』

我結婚好久了，我告訴她。和老公是在工作上認識的，滿好的一個男人，脾氣很溫和，個性很體貼，我們相當處得來；雖然工作忙了點、經常要出差，不過倒是沒差，反正我是滿能習慣獨處的個性。聽到我這麼說時，大晴露出了疑問的表情，於是我會意的笑，我知道他們認識時的我並不是個能夠獨自生活的人，我總是黏著浩琳，或者要大晴的陪。我那時候是個很沒有安全感的人。

不過人大概是眞的會成長的吧。

『工作呢？』她繼續問。

「我現在在當瑜伽老師。」

『好驚訝。』

「是啊，不是刻意規劃的人生，反而變成了我的人生。」

我笑著說。結婚之後我就辭掉了工作，因爲公司反對辦公室戀情，也因爲當時一心想著懷孕待產，生活突然空閒了下來，有天我經過一間瑜伽教室時，心想當時候身體狀況反正也不太好，所以就心想去學個瑜伽好了，一方面打發時間，一方面也調養身體；而後來之所以會當上瑜伽老師就和當時會開始上瑜伽課一樣，只是有天上課時看見瑜伽教室外的師資培訓班海報，同樣是抱著試試無妨的心態，後來這就變成了我現在的工作，現在的我。

「很好笑，我們交往半年就決定結婚，當時所有人都篤定認爲我們是奉子成婚，因爲我們決定得很快，而且婚禮很小，只有雙方重要的親戚參加。現在想起那些人的臆測實在諷刺，因爲我們唯一的遺憾就是沒有小孩。」

結婚好幾年了，一直都沒有小孩，兩個人也去醫院檢查過，不過一切正常，眞不知道問題是出在哪裡呢？眞希望是有個什麼問題，因爲這樣就能夠知道怎麼處理，可是沒有，沒問題。早些年會因此感覺到沮喪，不過這幾年，釋懷了。

『確實結婚生子會讓生命的過程完整，不過話說回來，完整的方式有很多，不必要因爲只缺了某個因素就全盤否定自己人生的完整性。』大晴說。

我感激她的這番話，她總是知道在什麼時候說什麼話。她不愧是我那幾年最好的朋友，黃大晴。

當服務生送上她的熱咖啡和我的冰紅茶時，她說：

『我覺得妳變開朗了。』她這麼直接的說：『雖然我們以前比較要好，不過我比較喜歡現在的這個妳。』

她一點尷尬也沒有的說出這句話，這讓我一時間有點反應不及，接著我發現我嘴角忍不住微笑：她眞是一點也沒變。

「其實根本就不必害怕失戀，確實不再被對方愛著是一件很失落的事情，可是後來遇到我老公之後，才曉得其實失戀也不全然是壞事。他讓我變成一個更好的人，我……嗯。」

『沒錯，就像妳和黃浩琳……』

攪著眼前的熱咖啡，她低聲的說。我注意到這是她今天第一次提起浩琳，我感覺到我們一直在繞著話題轉，而話題的中心，是浩琳；我想問她、他們後來還有聯絡嗎？然後大晴卻搶先了問：

『妳後來還常來這裡嗎？』

我後來會避開這裡。我心想，但我沒說。我只是搖搖頭，然後聽她說：

『我男朋友很喜歡這裡，我指的是這一帶，每次我們回台中的時候，他總要來這裡吃個飯，我們還眞的是把這區塊從這一頭的餐廳吃到那一頭的這種程度。我甚至可以立刻指出這裡的哪些餐廳是經營了好久，而哪些新的餐廳它的前身是什麼。

『而我一直以爲回憶是可以覆蓋的，就好像我們也曾經來這裡吃過幾次義大利麵，可是從來沒有一次我會想起這是以前我們常來的餐廳，也是我們最後一次見面的地方，原來回憶是可以覆蓋的，我眞的是一直這麼以爲的。直到現在和妳坐在這裡，好多好多的回憶都湧了上來。』

好多好多的回憶。我們以前住的公寓在哪裡，我們是如何發現了這裡？這裡的哪些店換了而哪些店還在；我們還去過了哪裡，甚至是我們說過的話語。

『用回憶的角度看待曾經熟悉過的生活場所還滿……嗯。』

閉上眼睛，她回憶似的看著，呢喃著：

『我還記得我們最後一次見面是在這裡，我們五個人，爲的是交換照片，峇里島的照片，那還是個傳統相機的年代呢。

『現在想起來了，是啊，我們坐的是二樓最裡面的位子，現在回想起來還是會很感傷，因爲那是我們最後一次見面，可是那一次我們卻連餐後的咖啡都還沒喝完就走了呢。

『我記得那時候許佑瑋吃完他的義大利麵之後到外面去抽菸，那是還沒有全面禁菸的年代吧？當然，那麼久以前了，不過這點他倒很先進，他從來不會在我們面前抽菸。

『所以說先離開的人是他嗎？不，當然不是，他只是去抽根菸而已，然後接著我跑去找他，因爲餐桌上的氣氛好僵，而我不習慣；我經常看你們吵架，早就習慣了你們吵架，只是那一次不一樣，我感覺到不一樣，妳看起來很生氣的樣子，妳好像根本就不想要再看到我們了，而黃浩琳呢？嗯，他看起來很寂寞的樣子，是因爲我們即將要離散去過各自的生活了嗎？或許吧，可是那又不代表我們從此就不再見面了，可是沒想到，我們眞的從此就沒再見面了。

『無論如何當時候我和許佑瑋一起坐在門口的長椅子上，我看著你們三個人沒多久也跟著走出來，然後，是的，我覺得我看到了句點，我們五個人的句點。我沒想到那會是我們最後一次的見面。』

張開眼睛，大晴看著我，她筆直地凝望著我，問：

『嘿！會不會其實那時候妳氣的人是我？有時候我會想，會不會搞砸我們五個人感情的人，其實是我？我那時候一直沒有跟妳說，眞不曉得爲什麼一直故意不要跟妳說，不過心底擱著事，話要怎麼說出口呢？』

「我——」

『可是我們眞的沒有怎麼樣，雖然都已經過去了，而且反正事到如今也不重要了，所有我們年輕時候覺得重要得不得了的事情，其實回過頭去看，眞的，一點也不重要啊。』

然後，她開朗的笑了起來：

『一想到我們居然是因爲這麼無聊的原因而失去聯絡，就覺得很不爽。』

她換過表情，然後起身，霸氣的堅持這一餐她必須請客，因爲她要慶祝在這個秋天她發生了好多値得慶祝的事情，首先是她和前陣子吵架鬧僵的朋友重修舊好，還有她今年一直被困擾著的嚴重耳鳴莫名的消失痊癒，以及，她重新回到記者的工作崗位。

我很驚訝她原來一度想要放棄這份工作，在我的記憶裡、大晴還不是記者的時候就已經好熱愛這份工作了，我突然想起在學校的時候她就是校刊社的主筆。

我聽見她堅持道：

『不用跟我客氣貞的，反正明年我會炸妳紅帖子，到時候再帶妳老公來，好嗎？』

我告訴她當然好。

在走出門口的時候，她問我：

『妳還聽五月天嗎？』

「沒道理不聽哪。」

『那、在世界末日來臨之前，我們再一起看一場五月天的演唱會如何？』

「除非二〇一二不是世界末日。」

我接腔五月天新專輯的這句slogan，然後我們相視而笑。

『諾亞方舟的演唱會門票可能已經搶不到了……這樣好了！乾脆我們去台北市政府的跨年演唱會？今年五月天是唱開場，再約許佑瑋一起，杏芙雖然不太可能特地飛回來，不過還是順便問一下好了。嗯嗯，重回青春現場，這聽來不賴吧？』

「好啊，」我說，然後我看著大晴忍俊不住的笑了起來，我問她什麼事情好笑？

『不是，只是……一時間習慣不來。』

「什麼？」

『我以爲妳會說：我要問我老公。妳知道的，以前不管什麼事問妳，妳總是會先這麼回答：我要問黃浩琳。』

我想要試著像大晴那樣淘氣的笑，不過不太成功；我沒想到十年前的我會被那麼清楚的記得，我幾乎都忘記了以前的自己是怎麼樣的一個人了。朋友確實是保存回憶的共同體。

終於，就著這個話題，我試著這麼問她：

「那浩琳呢？你們還有聯絡嗎？」

停下了腳步，她轉頭看著我，臉上的表情是驚訝是疑問，也是，欲言又止。

『妳不知道嗎？』她反問我，『我們之所以會重新聯絡上，就是因爲黃浩琳。』

「什麼意思？」

她看著前方，她不是很想回答我，她低聲的說：

『我以爲方綺找過妳了。』

「方綺是誰？」

『他的前女友，他生前的女朋友。』

之後我們站在小義大利的門口小聊了一會兒直到大晴的男朋友開車來接她爲止，我看著大晴坐上副駕駛座，我看著他們透過車窗微笑著對我揮揮手，有那麼一瞬間，我突然有種不可理喻的錯覺是，此刻坐在車子裡的不是大晴和她男朋友，而是從前的我們五個人，正對著我，揮手離去。

觸不到也留不住。

我想不起來我們最後一次坐上浩琳的車子是什麼情景？爲了什麼？要去哪裡？只知道方才站在門口的那最後小聊我們誰也沒再提起浩琳以及他的死亡，像是刻意否認，還約好了似的；彷彿只要我們約好了不說，他就不是死掉、而只是失去聯絡而已。

我沒想到大晴居然還那麼清晰地記得十年前我們最後那一次見面的幕幕畫面，還爲此感到難過，我一直以爲她是那種只自顧著往前走的人，不回頭，也不回憶。我沒想到浩琳死了。

我不知道此刻的我是什麼感覺，該什麼感覺？。

十年前的我急著想要離開這裡和他們，而十年後的我，則想要在這裡多待一會兒，凝望回憶。

抬頭望著小義大利的門口，我彷彿隨著回憶乘著時光機重回當年的那一天，我彷彿看見許佑瑋首先走出這門口，爲的是要抽根菸；接著大晴也跟著出來，坐的或許就是我此刻正坐著的位子，她可能和許佑瑋說了什麼也可能沒有，然後接著，我們三個人走了出來，而臉上都不見笑容，疏離得好似幾年我們從來沒有陪伴著彼此笑過痛過傻過。

我們還在彼此的視線裡嗎、那一天？不記得了，只記得我們走的時候誰也沒說再見。

我們曾經想過會失去彼此嗎？願意相信嗎？

——還有十五年，那時候我都三十好幾了，好老喔～～

——敬我們！跨世紀的友情！

——歡迎新世紀！我愛我們五個人！

——我愛五月天！我要賺大錢！

——等一下我開車，你們這三個酒鬼。

——敬我們，跨世紀的友情。

起身，我告訴自己該走了；轉頭，我凝望著小義大利的門口，彷彿，我看見當年的我們五個人，微笑著向我揮揮手，說再見。

第三章

二〇一一年的最末，台北市府廣場的跨年，五月天的開場演唱。

十二年前的我們就站在這裡倒數跨年、乾杯慶祝跨年世紀，祝友情，祝青春，祝未來，祝所有的一切；而十年後的我們則只剩下三個人，缺席的是在地球另一端的杏芙，以及，在另一個人生另一端的浩琳。

重回青春的現場。

『我記得我們十年前也是站在現在的這個位置。』

『你最好是有那麼神，連這種事也能記得清楚。』

『反正無憑無據的事情，本來就很適合瞎講一氣。』

『聽得我都想分你一口啤酒喝了。』

『怎麼都十年過去了，妳個性還是沒有變好一點。』

『特地保留給你的，讚吧？』

『機車。』

『欸我問你喔，你當年究竟是眞的想泡我還是開玩笑的而已？』

『都那麼久以前的事了還問個屁啊。』

『青春的謎啊、對我來說。』

『那我看妳還是分我一口啤酒喝好了。』

『機車。』

『哈哈哈哈哈～～』

重回青春的現場。

眼睛我看著台上五月天的演唱，耳朵我聽著身邊他倆依舊當年的鬥嘴，心底，我想起今年初的那個眞實故事改編的廣告：不老騎士。

五個平均年紀八十一歲的老人，在參加共同老友的告別式之後，或許是感觸太深，或許是厭倦眼前行將就木的生活，或許就只是一個念頭一個衝動一個回憶的湧現，於是，他們決定機車環島。

他們拋下癌症、丟開心臟病，也無視於重聽的耳朵和退化性關節炎，他們頂著年邁的病痛身軀，他們花了六個月的準備，騎車環島十三天；他們其中一個人帶著亡妻的照片，還有一個人在機車的後座綁著亡友的遺照，他們重新來到照片裡的場景，他們帶著照片再一次走回陳舊照片裡的青春現場，彷彿陳舊照片裡的七個人真的再一次走回青春的現場。

我們當然還沒有廣告裡或者真實中那幾個可愛的老人的年紀，我們甚至連他們的一半年紀都還不到，不過此時此刻，我卻有種彷彿走入相同情境的感覺。

「原來是這種感覺。」

『什麼？』

「你們看過那個不老騎士的廣告嗎？」

『有，很讚的廣告，讚到我只記得這個廣告，不記得它在廣告什麼。』

『我記得，』大晴也說：『而且我每次看完都會哭，而且是從老人丟開拐杖的那一幕就開始哭，屢試不爽。眞的很感動。』

不知道黃浩琳有沒有看過這個廣告呢？

「不知道八十歲的我們，會是什麼樣子呢？」

『我們要不要八十歲的時候也來相約旅行呢？』

『饒了我吧。』

「去哪？」

『當然是墾丁。』許佑瑋想也沒想的說。

『應該是我們母校吧？高雄。而且不准杏芙再缺席了！』

『才說饒了我的人，沒有資格提議。』

「我覺得是峇里島。」

『喔，當然。』

『當然。』

「對了，趁著還記得的時候，我要跟你們說聲謝謝。」

『突然的，說什麼啊？』

『謝什麼？』

「九二一，你們還記得嗎？」

『喔，當然。』

『當然。』

九二一地震，我家在東勢。

當時我們人在高雄的宿舍裡，還不曉得情況的嚴重，還有心情抱怨地震擾人清夢眞討厭；然而隔天看了新聞之後才知道原來災情那麼嚴重，而且電話打也打不通，當天他們四個人就二話不說就主動請假陪了我回家一趟，那時候連接東勢的唯一那座橋斷無法通車，我們就這麼徒步走過去呢，走了好久啊。

「謝謝你們當時候陪我走過那一段，我一直想要親口向你們道謝，可是卻一直忘記。」

『OK的啦。』

『我相信當時換成別人是妳的朋友，也會這麼做的啦。因爲是朋友啊！』

「可是當時陪在我身邊的朋友，是你們哪。」

『呵，也對。』

『嘿！來拍張合照吧！我有帶那一張我們五個人的合照來！』

『我們有在這裡合照過？』

『沒有，我們每一次的跨年都有合照，不過這地方沒有，可能是太擠或者太冷了吧，想不起來了，那麼久以前的事了。』

『管他的。』

『是啊。喏，許佑瑋你手比較長所以負責拍照，然後羅婈負責拿照片，這張合照要拍清楚一點、否則我就埋了你！』

「那妳負責什麼？」

『我負責好好的抱你們一下。』

「噁心。」

『三八。』

拍

照。

「我們眞該早點重聚的。」

看著我們這張新的合照，我說。

『是啊，人生不是每件事情都來得及的，這是每個人都知道的道理，可是越是明知道的道理，反而越是很難做到啊。』

『我們下一次見面不會又是十年後吧？』

許佑瑋開玩笑的問，而我和大晴異口同聲的笑著說：不會啦。

我們都知道沒可能只是因爲這次的重聚就讓我們的感情回到十年前那樣、把對方當成是第一順位的朋友，好朋友，畢竟我們都已經有了各自不同的生活圈和重心，可是那又怎麼樣？回不去了又怎樣？不再執拗地認定彼此應該是自己最好的朋友、而放手地接受已經變成是曾經要好過的朋友，反而讓我們的關係更自在；我們放開我們一起的過去，反而重新走回彼此的現在。我們變成是彼此新的老朋友。

『想起來也好笑，今天我們之所以會重聚在一起說來是因為黃浩琳，可是結果他自己卻已經先死掉了。』

『很難想像他生前最後一件想做的事情，是我們五個人再聚一次。』

可是結果他自己卻已經先死掉了。我以為大晴會這麼再說一次的接腔，可是她沒有，她反問許佑瑋：

『方綺也這麼告訴你？』

『嗯。那她有告訴妳、黃浩琳死的時候還把我們這張照片帶在身邊嗎？』

『究竟有沒有呢？實在是想不起來了，只記得她好像說黃浩琳很喜歡這張照片，而且還是把它擺在床頭櫃相框裡的那種喜歡。』

接著他們就著這個話題聊起了方綺，於是我才知道原來她不是只找過大晴，而是找過他們三個人。

『你們還留著這張照片嗎？』

『記得沒丟掉所以應該還留著，不過要找的話，還真不知道要從何找起咧。』

「我只剩下電腦的圖片檔了，結婚的時候那些東西都放在娘家沒帶走，後來試過要找可是找不到了。」

『眞可惜。』大晴說，然後像是想到什麼似的，問：『她後來還是沒有找妳嗎?方綺。』

「沒有。」

大晴尷尬的扮了個鬼臉：

『不知道是不是被我們上次見面嚇到了，我跟她說了滿多其實不是熟的人應該說的話。』

『妳還眞是一點也沒變耶。』

『是啊，眞傷腦筋。』大晴一點傷腦筋的表情也沒有的說。『我有邀過她今天一起來，但是她推說有事還什麼的，確實要她取代黃浩琳和我們一起跨年是滿怪的。後來跟黃浩琳一起跨年的人是她啊，而這第一個失去黃浩琳的跨年，她會怎麼過呢？一個人在家裡擺著兩只酒杯和黃浩琳的照片倒數嗎？』

『妳說得眞詩意，可是聽來滿令人傷心的。』

『她的FB幾乎是靜止了，還滿擔心，雖然嚴格說來我們並不算認識啦，不過就是……嗯。』

「給我她的聯絡方式好嗎？」

『妳要主動找她？』

「嗯。」

『可是，爲什麼呢？』

想了想，我說：

「可能是被你們說得讓我好奇起她來，也可能是……」

也可能是，我想知道浩琳的後來，我們錯過的後來。

她在幾天之後才回我電話，在電話裡她首先爲自己遲了這麼久才回電道歉，原來她告訴大晴跨年有事指的是旅行，她從聖誕節假期開始放長假直到新年假期過後才回來。在同一個地方工作久了的好處是：妳會有很多的年假和特休可以運用。她說。

『感覺滿有趣的，提起行李關上大門的時候還是二〇一一年，然而再打開大門放下行李的時候卻已經變成二〇一二年了。雖然一切還是沒有改變就是了。』

我沒有問她去哪裡旅行？不過她自己倒是就提了。

『每年的聖誕節我們都會到峇里島過，原來浩琳會那麼喜歡峇里島的原因是回憶、這次和他們聊過之後我才知道，不過實際上我們會認識，也是因爲峇里島。』

那一年她和同事去峇里島玩，在等待回程的候機室，她們發現有個男人一直在看她們，不過也就僅止於此了；直到上了飛機找到座位坐定之後，她們抬頭看見這男人正經過她們的座位，於是鼓起勇氣，她們喊住了他，問：眞的很想知道，你剛才是在看她還是看我？

『當他笑了起來看著我的時候，我眞的覺得……』她難爲情似的說：『我當下眞覺得自己是個幸運兒。』

我告訴她我明白她的感覺，我曾經也有過這種感覺，他是會給女人這種感覺的人，我告訴她。

我聽著她在電話那頭聲音輕輕的說著，我很難把她和他們各自敘述過的那個方綺聯想在一起，我感覺比起他們接觸過的方綺，這個她很明確的有種心底放下了什麼的意味。

我聽見她在電話那頭繼續說著：

『很謝謝妳主動找我，在聯絡過他們三個人之後，我一直拿捏不定主意、究竟要不要找妳？原來勇氣這種東西眞的會被猶豫給消耗掉的。我們見個面好嗎？感覺這樣比較像是劃下個完整的句點。』

「完整的句點？」

『嗯，完整的句點。』重複了這句話之後，她爲難的問道：『不過如果方便的話，約在我家樓下的咖啡店好嗎？是個專門賣早午餐的咖啡店。』

「台中最近這種型態的咖啡店很多。」我說，然後問了她家在哪裡，接著我說沒問題。

『那就眞是太好了！能帶狗進去的咖啡店很難找，不過這家咖啡店老闆倒是可以，因爲他自己本身也養狗的關係，而且他很喜歡春捲。春捲最近很黏啊。』

「春捲？」

『是浩琳養的狗。』

我記不得浩琳是不是個喜歡狗的人，不過我很驚訝浩琳會養這種短鼻子的狗，雖然長了一張流氓臉、不過走起路來卻氣喘吁吁的，很難相信他們一人一狗不過是走出家門搭個電梯再走進這家咖啡店而已；這白底黃毛的短毛狗、臉孔和嘴巴都寬寬大大的，腿短短的而身體圓圓的，尾巴像是個小毛球似的豎在牠圓圓小小的屁股上，可能就是因爲尾巴太短的關係，所以當牠對著我搖起尾巴時是連著屁股一起扭的。

牠一見著我就立刻蹭著我的小腿扭了起來，我笑著拍拍牠寬寬的大頭以回應。

『牠很喜歡人，不曉得是不是因爲以前是店狗的關係。』她解釋。

「店狗？」

『嗯，我們在一家日本料理店看到牠被綁在門口，長得這麼兇結果卻很愛撒嬌，我有點懷疑那陣子浩琳一直光顧那家店就是想要看看牠，果眞後來聽說老闆嫌棄牠常生病又難照顧想要轉送的時候，浩琳連問也沒問就把牠帶回來了。』

「爲什麼叫春捲？」

『因爲牠的毛色，而且冬天時牠經常把四隻腳縮在身體下睡覺，看起來眞的很像炸過的春捲。』

「牠是什麼狗？」

『英國鬥牛犬。』

我們的話題就從這狗開始聊起，她說浩琳每天都會帶著春捲到轉角的小公園散步之後來到這裡吃他們的早午餐，是的他們，春捲在這裡有牠特製的菜單，不過這是個不能說的祕密，她笑著說，老闆沒打算把這裡當成狗餐廳經營。

『他每天就是悠閒的起床，然後下午不是打掃房子就是到大樓的健身房運動，接著他會開車到超市買菜，因爲他自己下廚，因爲反正時間多得很，而且他不喜歡外食，他甚至連春捲的晚餐都親自下廚；接著就這麼打開音樂一邊閱讀直到我下班回家。』

「他不用工作嗎？」

『你們每個人都這麼問，』她笑著說：『他一直沒有工作。』

低頭看著已經在地板上打著響呼、睡著的狗，她呢喃似的說：『不知道該怎麼告訴春捲牠的主人已經不在了呢？』

她其實不是很想要養狗，因爲家裡已經夠小了。她說，可是浩琳那麼堅持的想要，所以她也只好退步，不過底限是狗只能在客廳和陽台活動，而且不准爬上沙發也不准進房間。

『浩琳過世之後，我試著告訴春捲這件事情，不過不用說當然牠是聽不懂的，牠可能只是納悶爲什麼那麼久沒有看到浩琳吧？最近我會發現牠好幾次偷跑到我們的房間去，是不是以爲浩琳一直在房間睡覺沒有出來找牠玩呢？我當時是這麼想著，所以也就不處罰牠了。

『以前我們出國的時候總是會送牠到附近的寵物旅館住，牠會埋怨的咕噥幾聲，可是還是垂頭喪氣的被乖乖帶走，可是這一次我出國、牠死也不肯出門，好像是想待在家裡等浩琳回來吧？也可能是害怕會不會換成我一走就不回來了吧？最終就只剩下牠自己被留在家裡呢？牠從來就沒有自己被留在家裡過，總是會有浩琳陪牠，或者帶牠一起出門。

『最近我發現牠變得很黏我，以前我回家的時候，牠是心情好的時候才走到門口搖尾巴，而絕大多數的時候就是自顧著趴在浩琳的腳邊睡覺或玩球，可是現在我回家才一打開門，牠就已經站在門的另一邊等著了，還笨笨的也不曉得讓開、就這麼被門撞到還拚命的搖著尾巴。所以我就只好開始帶著牠上班了，實在不忍心哪、因爲。』

「妳的工作是？」

『我在科學教室上班，因爲很資深的關係而且是主管，所以問過老闆和同事之後，大家都沒有意見，而且反正春捲很乖，大概是從以前就被訓練了要好好接待客人的關係，小朋友和家長看到牠時難免會被牠的長相嚇到，不過一次兩次之後就知道了牠其實是面惡心善。唯一的問題大概是牠睡覺會打呼很吵吧。還好我們教室離櫃檯滿遠的，而且隔音還不錯。』

「呵，牠很可愛。」

『嗯，浩琳很愛牠，有時候我會吃醋的認爲，在他心中的排名，或許我還輸春捲呢。』

「他既然這麼愛春捲，怎麼會忍心丟下牠自殺呢？」

沉默了好久之後，她才幽幽的反問我：

『妳怎麼會覺得他是自殺？』

我沒有回答她，我反而問她：

「他是怎麼讓自己心肌梗塞的？」

別開臉，她低聲的說：

『我在科學教室上班，我們的課程經常需要教學生做實驗，我們的倉庫有很多的化學藥劑，包括氰化鉀。』

最終章

我還是很想你

但

我會儘量不愛你

那是我們剛開始交往的時候，那時候他每天都會來接我下班，沒有一次例外的都會帶上咖啡和各家有名的甜點請我們所有人吃，或許是他想討好我的同事為自己加分為我做面子，或許只是他單純的喜歡和我們大家一起吃喝的歡樂氣氛，更或許是為了想要加強他是個餐廳投資者的說法。我從來就沒有懷疑過這是他自己捏造的虛擬職業，後來甚至還是他自己坦白他對每一任女朋友都這麼捏造，直到被拆穿之後就離開，因為他很不喜歡被知道自己是個活在這社會脈動之外的人。他好像很害怕和一般人不一樣，他這一輩子其實從來沒有被了解過、我想。

他說他從來沒想過會和我交往長久，還深入；他說他不知道原來他可以坦白。

無論如何我同事們都很喜歡他，很替我慶幸竟然在做好了單身一輩子的準備之後遇到這樣好的一個男人，而我自己也是這麼認為的，幸福沒有放棄我，當時的我真的是這麼認為的。

相處久了之後，他們開始會讓他單獨在我的辦公室裡等我下課，我不只管理這個科學補習班的營運，也兼著教幾門課程；教學的內容與其說是教國小學齡的學生做科學實驗、倒不如直接說是培養他們對科學的興趣而已，都是很簡單的課程、即使是對國小學生而言也是，而這一向是我們教學的宗旨：讓孩子們知道化學並不只是國中以後課本上的沉悶無聊。

然而他對我的教學內容很感興趣，不止一次問過我可不可以旁聽，不過我總是以這樣我會無法專心上課拒絕。

他其實是個對所有事情都懷抱著高度好奇心的人，這一點他很像個孩子。

我已經回想不起來我們是怎麼聊到氰化鉀的，或許是從他某任女朋友開始聊起的、我想。

當時我們就坐在我的辦公室裡、我記得很清楚，因爲我辦公室的隔壁就是倉庫，倉庫裡存放著我們上實驗課所使用的器具和教材，教材是由我們的助教負責準備，而我還是有一把倉庫的鑰匙，爲的是如果助教不小心遺失鑰匙的話還能有個備份，不過這事從來沒有發生過，因爲我們的倉庫從不上鎖，因爲我們每個人都在這裡工作很久了，我們連最資淺的職員都任職將近十年，而除了職員之外，授課老師和學生並不會來到這個樓層。

無論如何我們當時就坐在我的辦公室裡，不知怎麼聊的聊到他曾經交往過的一位獸醫系的女朋友，以及安樂死。

『給流浪狗安樂死其實很不人道，』他轉述那位女朋友的話，『我們都以爲一針下去狗狗就立刻死掉了，但其實並不是，牠們只是不能動而已，牠們知道自己正在死亡，而且是緩慢而痛苦的死亡過程。牠們不但沒有選擇，也不知道自己做錯了什麼究竟爲什麼必須要死掉。』

接著他可能說些當起曾經提議女朋友和她的同學們爲街上的流浪狗結紮的計畫，他很願意出資，甚至付他們薪水，不過這個提議被推翻，因爲術後的照顧所需要的空間和人力太渃大太繁瑣……，我不太記得當時他說了些什麼，只記得我脫口而出：

「可以用氰化鉀。」

『氰化鉀？』

「雖然會很痛苦，但可以死得很快。」

『那要去哪裡買？』

「沒得買，因爲很危險所以是政府管制的化學藥劑，不過我們倉庫裡有。」

我不知道我當時候爲什麼要這麼多嘴，如果可以的話，我眞的願意用我所有的一切換回那一刻。

我當時自顧著告訴他氰化鉀在工業上運用於什麼，又我們上課拿它做什麼實驗，當我意識到自己說太多的時候，是因爲我看見他臉上出現期待的表情，他期待的問我、能不能帶他去看一看？

「我曾經在推理小說裡讀過這東西，但從來就沒看過氰化鉀長什麼樣子？眞的有杏仁味嗎？」

我拒絕不了他，就像我們通常會拒絕不了小孩子仰著稚嫩的小臉蛋央求妳讓他們多吃一顆糖、或者多玩久一會兒那樣。這是我的錯，我輕忽。

我不知道他是什麼時候偷走的。

我當時不知道他有憂鬱症。

我們經常會看到這樣子的新聞：某某名人自殺了，然後記者去採訪他們身邊的人，這些人幾乎一致性的會表示驚訝，他們驚訝當事人是那麼的開朗隨和又幽默，非但很關心別人、而且還很懂得自嘲呢！完全看不起來他／她有自殺的傾向，也無法理解爲什麼他／她要那麼做。

當浩琳告訴我、他有憂鬱症的時候，我腦子裡首先浮現的、就是諸如此類的新聞事件。

當時候我們已經穩定交往也住在一起，當時他已經自白他其實沒有工作、也沒有想要做的工作，那時候的我是覺得有點錯愕，不過因爲身邊是有些富家子弟或千金的朋友也過著這樣子的生活：他們穿著昂貴、開著名車、生活奢華，他們或者打工或者做份簡單的工作、只是爲了打發時間或者交個朋友，我不是很認同他們這樣子的生活態度，我沒想到原來浩琳也是這樣子的人；不過撇開這點不談，他是個很好的同居者，他喜歡打掃房子也熱愛下廚，而且他很懂得生活情調。

他讓我的房子開始有著家的味道，他讓我感到幸福，很幸福。

他看不出來有憂鬱傾向。

他不是特地告訴我這件事情的。當時他陪我去醫院看弟弟和我剛出世的小姪子，在走出醫院的時候，他說：

『我之前也住過這家醫院，不過不是這一棟樓，當然。』

「車禍？」

『不，憂鬱症。有時候我會突然沒道理的心情低落，對所有的一切感到絕望，覺得活著好累，不如死了乾脆，眞心覺得乾脆重新投胎轉世好了。那時候的我什麼事也沒有辦法做，就是一直坐在窗邊想著死亡，想啊想的好像眞的就要那麼去做了，我很怕我會瘋掉，我害怕的就要瘋掉。

『剛開始的時候會很害怕，不知所措，只能克制著空等著這低潮過去，後來我漸漸明白這就是我的憂鬱症，所以當我開始又感覺到這樣的時候，我就去住醫院。

『我很討厭醫院，盡可能的不要上醫院，平常感冒啊胃痛啊什麼的時候就自己上藥房買藥吃，醫學知識我大概還懂一點。

『可是沒辦法，那種情況之下我不得不這麼做，因爲精神方面的藥物必須要由醫生開處方箋，而且我很怕我眞的會殺了自己。』

面對浩琳這突如其來的告白，我腦子一片空白，我反應不過來的問他：

「怎麼會這樣？」

『不曉得，可能是腦子裡的化學物質失衡什麼的吧，醫生有說過，每次我都耳邊嗡嗡嗡的聽不進一句話一個字，好像突然跑進了蟲子一樣。我不是很喜歡醫生，我告訴過妳、我爸就是醫生嗎？』我想，我這一輩子從來沒有照著他的期望走。

我點點頭又搖搖頭，然後試著這麼問他：

「那是什麼感覺？」

『嗯？』

「憂鬱症？」

直視著前方，他面無表情的說：

『每當被這麼問的時候，我都會想要撕了對方的嘴，失眠是什麼感覺？憂鬱是什麼感覺？他們居然不會知道這是什麼感覺！而我卻一直要對抗這種感覺！這是什麼感覺！會有這種感覺又不是我的選擇！』

「……」

『抱歉。』

他換回平時溫柔的笑臉，然後摟了摟我的肩膀，我下意識的發了個哆嗦，那是我第一次對他感到害怕。

『第一次發生這種情形是我高二那年的暑假，我爸把我送進去住院，這件事情好像讓他很丟臉的樣子，他一次也沒來看過我，我媽是有來過幾次，不過每次都一副很想趕快走人的樣子，好像我是什麼瑕疵品一樣。那讓我很傷心，那時候的我，眞的很想要她留下來多陪我一會兒。

『這件事情我只告訴過一個人，我大學時候的女朋友，除了妳之外、我交往過最久的女朋友。天哪！現在回想起來眞的覺得好對不起她，她常常會讓我想起我媽，她們都很漂亮，而且她們都當過模特兒，她讓我覺得我好像會變成我爸和我媽的模式那樣，這眞的是不理智的想法，可是沒有辦法，我沒有辦法不這麼想，妄想。

『我那時候會故意做一些爲難她的事情讓她難過，例如在我們的朋友面前對她很兇，例如故意和別的女生上床，甚至還包括一個我們的好朋友，我不知道我爲什麼要故意那麼做，眞的不知道。』

話題一轉，他筆直地凝望著我，說：

『還好我現在已經不是那樣子的人，也不想要再當那樣子的人，很後悔我曾經是那樣子的人。我現在懂得珍惜了，我很珍惜妳，還有我們的這一份感情，我眞的，眞的不想失去妳。』他說，然後，他無助的問：『所以，不要失去我，好嗎？』

我說好，怎麼可能不好？

就當作是感冒好了，本來就跟感冒沒有兩樣，心情感冒的時候，吃個藥多休息就好了，再不行的話，就按下暫停鍵，讓一切暫停好了。

浩琳這麼最後告訴我。

在那一次的告白之後，浩琳果眞開始定期回診，按時服藥，不再像是從前的每次每次，都因爲厭煩都因爲沮喪而半途而廢。

『憂鬱症本來就是可以痊癒的，好多好多的案例都證明，眞搞不懂我以前爲什麼不相信。』

有一次，他這麼愉快的告訴我。那一次浩琳提起一部好久以前的老電影《As Good as It Gets》，雖然這部電影裡有很多他不喜歡的部分，例如男女主角的長相他都討厭，不過演技是眞的沒有話說，而中文的翻譯片名《愛在心裡口難開》也讓他覺得莫名其妙，不過整體而言，他還是很喜歡那部電影，尤其是電影裡男主角對女主角說的那句經典台詞：

你讓我想要爲了妳變成更好的人。

『這就是我現在的感覺，』他愉快的說，『妳讓我感覺好電影。』

實際上浩琳的夢也很電影，他曾經告訴過我、他發過的那場戰爭夢，夢裡是民國初年的戰爭時期，夢裡有他還有他的父親，他的父親在夢裡也是一名醫生，而他們父子倆在一個類似倉庫的隱密基地裡、冒著被槍決的危險、祕密醫治革命軍。

『好眞實的夢，眞實得好像這不只是一場夢，而是我們的某一個輪迴轉世。』接著他淡淡的說：『而且在夢裡，我們父子倆感情很好。』

而浩琳更頻繁夢見的是**那一棟大樓**。

那是一棟出現過在他夢裡無數次的大樓，現實生活中從來沒去過的大樓，在夢裡有時是學生宿舍、有時是旅館、有時是醫院的病房，但總之他很清楚是**同一棟大樓**沒錯；而昨晚的夢裡是以旅館的姿態出現。

他夢見他們五個人約了要去旅行，接著他們入住這旅館，夢裡的旅館有狹窄到不成比例的長走廊，而走廊的盡頭是他們的房間，在夢裡，他們四個人一個房間，而浩琳自己被分配到另一個房間，他不明白這是怎麼一回事，不管是在夢裡，或者是醒來之後；而夢裡最後，是我們做愛。

『而且房門還沒關上呢，他們四個人就這麼看著我們做愛呢。』

「好奇怪的感覺。」

『是啊，或許我需要的不是抗憂鬱劑或者安眠藥，而是吃了能夠不再做夢的藥，我試過鎮定劑，可是那還是阻止不了被夢打擾；我以前很喜歡我的夢呢，不過後來的夢變得越來越糟，眞不想再做夢了，眞想好好的睡一覺啊，一直做夢、睡得好累。』

「放輕鬆點嘛。」

『眞想知道那棟大樓究竟想要告訴我什麼，一直出現在我的夢裡，好煩。』

那不是浩琳第一次對我提起他們五個人，但卻是浩琳又不肯按時回診服藥的開始。他開始抱怨他吃藥吃到想吐了，不是心理上的那種想吐，而是身體上的一見著藥丸就開始嘔吐。

『妳知道如果我告訴醫生這件事他會怎麼做嗎？喔、這樣啊，吃藥會嘔吐的話那我開止吐藥丸給你好了。好幽默的感覺，妳會不會也覺得？』

我不覺得，而且我告訴他還是要繼續吃藥，我請他答應我。我開始擔心他。

可是他沒有，他會把藥藏起來假裝自己已經吃過，他開始會**想像**一些不存在的事情；他會半夜因爲聞到咖哩味而醒來，可是這是不可能的事情；他還抱怨隔壁鄰居的爭吵聲，可是我走到門口去聽，卻什麼也聽不見。他會突然想起很多傷心的回憶，然後再一次的爲此徹底傷心，儘管他自己理智上也知道這些事情早就已經成爲過去，然而他情感上卻還是無法自已的感到傷心甚至害怕。

『難怪我的眼角皺紋特別多，因爲經常要把眼淚逼回眼眶裡，所以眼睛用力過度造成的。』他說。

我不知道該怎麼幫他，我彷彿也隨著他的情緒捲入無助的漩渦。我無法理解他的不快樂，或許他的不快樂就是源自於無法被理解呢？

當浩琳又再一起聊起當年他們五個人的快樂回憶時，我提議他、不妨來個回憶之旅。

『這確實是個好主意、我們五個人重聚在一起，很棒！』他同意，他十分同意，他開心的想像著這計畫：

『可以先從杏芙找起！她是那種天變地變永遠不變的人，她一定還在我們學校裡當系助！』

他開始說：她一定和大晴還有聯絡，而大晴一定也和許佑瑋聯絡著，或許他們還已經結婚了也不無可能，那麼至於羅婈呢……嗯，或許許佑瑋還有她的聯絡方式吧。可是……

可是他膽怯。

『可是我們最後一次見面的時候，彼此已經沒有什麼話聊了，萬一真的聯絡上了但卻發現早已經被對方忘記，或者他們沒有時間，或者他們沒有意願——』

「那又怎樣？」我告訴他，「如果沒辦法找回你們五個人重聚，就當作帶我去走一趟你曾經生活過的地方啊。」

『或許沒有這個必要……』

我堅定的告訴他：

「我想看看你曾經生活過的地方，想親自去到你經常提起的那些地方。」

『我很久沒有回高雄了。』

我感覺到他的退怯，我已經拿起電話撥了查號台，接著當電話被轉到他們的學校之後，我說：

「請找一位職員，她叫柯杏芙。」

然後，我把聽筒轉交給他。我聽著他和杏芙通完電話並且約定好見面的時間，我看著他放下聽筒之後，他看起來並沒有我以爲的期待，他看起來反而悵然若失。

我以爲那會是一個舊的結束，以及新的開始，我以爲回到過去的現場和過去好好的道別或和好會是個好主意。我以爲我們可以一起把那個快樂的浩琳找回來，或者起碼讓他放下一些心中的什麼。

我不知道他的不快樂比我想像中的還要巨大，巨大到他再也不想面對，或逃避。

我永遠也忘不了那一天是怎麼來又怎麼去的。

他比原本預訂的計畫提早一天回高雄，我很驚訝他會有這個想法，因爲他其實沒怎麼提過他的家人，只簡短的說過在那個家裡、他經常感覺到自己像是個外人。

我以爲這是他跨出去的第一步，我以爲這會是他改變自己的第一步。

我在那天夜裡接到他撥給我的最後一通的電話，電話的開頭他問我有沒有吵到我睡眠？我說還好，還沒睡。他說他發了場惡夢醒來，心情好糟，想找人說話，我聽著他的夢，感覺他心情好像緩和了些；接著我再一次告訴他、隔天我下班之後搭乘的高鐵班次，然後問他和家人的碰面如何？

『差不多就是我想像中的那樣，他們對我很客氣，我對他們很禮貌，大家都很和平。』

「……」

『不過我沒有住家裡，臨時找了路過的旅館住下，離我家還滿近的。』

「爲什麼？」

『不知道，本來不是打算要這樣的，當然是我沒有主動提，不過反正他們也沒有留我住下，雖然滿想看看我以前住的房間是不是還保持著以前的樣子，不過、算了。』然後，他話題一轉，問：『嘿！妳記得我老是夢見的那一棟大樓嗎？』

「嗯。怎麼了？」

『我找到它了，我現在就住在這裡面，原來它是一棟旅館，而不是學校宿舍或者醫院病房或者其他的什麼；眞的跟我夢裡一模一樣呢，好奇特的感覺，感覺好像走進了夢裡，眞的感覺是走進了夢裡。』

我問他是哪家旅館，而他不是很想告訴我的樣子。反正我們明天住的又不是這旅館。他說。

「我還是想知道。」

我一邊聽著他說出旅館的名字，一邊敲著鍵盤上網查詢，是一家換了名字重新裝潢、開幕的老旅館，我沒聽過這家旅館。我聽見他在電話那頭問著：

『春捲還好嗎？』

春捲很好。我說。早晚帶牠去上廁所一次，不過沒有帶牠去吃早午餐，因爲我要上班，所以就開了肉罐頭給牠；不過晚餐就按照他交代的那樣，親手做飯給牠吃。

「雖然我情不自禁就煮太多了，不過牠還是有吃光，而且也有在客廳尿了兩泡尿回敬我，不過我覺得牠是故意的，因爲陽台的落地窗分明就開著，但是我沒有打牠。奇怪我以前怎麼不知道原來牠很會低頭道歉裝無辜。」

『呵，看來妳可以好好替我照顧牠嘛。』

「是啊，不難。」我想也沒想的說，「只是說今天下班的時候聽說我要趕回家做飯給狗吃，我的同事們都快笑死了。老天爺，我今天眞是累斃了，我們暑假好忙，開了一堆課程，還要辦一堆活動。還好是明天下班之後就可以休假了。」

我想像他在電話那頭點頭，我聽見他在電話那頭喝了口酒的吞嚥聲，我想提醒他喝了酒就不可以吃藥，我想檢查他把藥帶在身邊沒有，結果我問他和杏芙的碰面順利嗎？

『沒有，我們沒有碰面，她打了好幾通電話來，可是我都沒有接，沒接也沒回，這樣做很糟糕，眞糟糕，我知道，不過沒有辦法，因爲我被靜止了。』

「什麼被靜止？」

嘆了口氣，他解釋似的說：

『塞車。』

他從家裡離開接著要找杏芙的時候遇上了塞車，好像是路口道路施工還怎麼了吧？總之是那種簡直就不必要踩剎車而是直接打P檔的那種塞法。

『我就這麼恍恍惚惚的看著前方動也不動的車屁股，突然間，眞的覺得時間好像靜止了，我那時候甚至想要打電話跟妳確認時間眞的還在走動嗎？不過考慮到當時妳應該在上課所以沒有這麼做，而且這麼做也實在太神經了。反正這本來就是我的人生狀態，一直處於靜止的狀態。』

「你還好嗎？」

『妳總是在擔心我。』

「什麼？」

『我第一次見到妳的時候，妳笑得好開心，和妳的那個同事，我一時想不起來她的名字。好開朗的女生，這是我對妳的第一個印象，我好喜歡妳的笑容。可是後來妳好像慢慢的不再那麼笑了，有時候我會怔怔的看著妳，感覺好像是我連累了妳，害妳跟著我變得不快樂，害妳一直擔心我，我很自責，有時候我會想，妳其實值得更好的男人。』

「你想太多了。」

『是啊，聽來聽去總是這一句。』

我還是忍不住問了：

「你有把藥帶在身邊嗎？」

『嗯啊。』

「喝了酒之後不可以吃藥喔。」

他答非所問：

『我喝的是威士忌蘇打，以前和許佑瑋經常一起喝的酒，這是我教會他喝的調酒；剛認識他的時候，他還不太會喝酒呢，可是後來他反而喝得比我還多，他確實是喝過頭了，這會不會也是我害的呢？』

「浩琳……」

『好累，我活得好累，腦子一直轉啊轉得好累，眞想要乾脆變成照片算了！反正我都已經走進夢裡了，乾脆也直接變成照片算了，照片裡的我們，都還是快樂的呢。』

「什麼照片？」

『反正人的最後，都會變成只是一張照片，不是嗎？』

「你到底在說什麼照片？」

『眞的有杏仁味呢。』

「杏仁味？」

『我愛妳，晚安。』

他最後說，然後就掛了電話。

變成照片了。

腦子裡我浮現這幾個字，轉頭我這才看見他床頭櫃上那張他們五個人的合照被他帶走了，手邊我拿起了電話叫了計程車，連夜，我南下高雄找到浩琳待下的那間旅館；我不知道在這種時刻隻身出現在旅館大廳的單身女子會被想像成什麼，我沒有多餘的心思顧慮。以一種自己也驚訝的鎮定態度，我告訴櫃檯人員，我接到了我男朋友的電話，我覺得不太對勁。

變成照片了。

我看著櫃檯人員抬頭狐疑的看著我，接著低頭鍵入浩琳的名字，確實是有這名房客，他不甘願的說；我看著他拿起萬用鑰匙卡，我跟著他走向浩琳的旅館房間，我打了浩琳的手機，沒有人接，他按了浩琳的門鈴，沒有回應，他拿出萬用鑰匙卡，門鍊沒有被拉上。

我們同時看見浩琳倒臥在床邊，我看見他害怕地確認浩琳的鼻息，我看見他沒有看見散在一邊的那張照片以及那只裝著氰化鉀的瓶子，我伸手把瓶子摸進我的口袋裡。

我告訴他：

「報警，或者叫救護車。」

我在醫院的急診室待到早上，我聽見急診室醫生宣告急救無效，當然急救無效，因爲只要一分鐘不到的時間就足以死去，更何況是這麼幾個小時經過。我心想，但我沒說。

變成照片了。

也沒跟前來做筆錄的警察實說。

——接到他的電話，電話裡聽他抱怨心悸疼痛，我很擔心，所以就連夜趕過來了。

——有家屬的聯絡方式嗎？

——他的手機裡應該有，他們昨天才見過面。

——方便留一下妳的聯絡資料嗎？還有筆錄也請確認過後簽名。

——好。我可以留下拿他的手機和車鑰匙嗎？有些朋友必須通知。

——現場沒有他殺嫌疑，所以應該沒有問題。妳要留下來等死者的家屬嗎？

——好。

變成照片了。

結果沒用上他的手機就聯絡上他的家屬。我看著他的父親趕來，我聽見在場的所有人都喊他院長，我不知道我當下是什麼感覺，他從來沒有告訴過我、原來他是這麼大一間醫院的繼承人，只記得他說他從小就害怕醫院，他總是在醫院裡迷路。

我也不知道他當下是什麼感覺，他的兒子在和他見過面的當晚投宿離家最近的旅館，接著死在裡頭，然後被救護車送進他的急診室，最後，由他的急診室醫生宣告急救無效。那是什麼感覺？爲什麼？

我們沒有和彼此說上幾句話，在人群裡我看見他沉默的向我鞠躬致意，於是我也學著他這麼做，然後在記者出現之後，我從人群中離開。

變成照片了。

在走出醫院的時候，我有一種很不眞實的感覺，我覺得這一切好像只是一場夢，我只是發了一場浩琳死掉的惡夢，或者根本就是我走進浩琳的夢境裡頭，而此刻的我，正在夢遊，遊在他的夢裡，出不來。

我想起浩琳曾經告訴過我，有一年他出過一場車禍，在開刀房的恢復室裡醒來之後、他一直有種錯覺是：他其實已經死了，只是他誤以爲他還活著，他覺得眼前的一切都很不眞實。我忘記當時有沒有問他那是他幾歲時候的事，我現在就是這種感覺。

變成照片了。

我回到旅館的停車場把車開走，我毫無方向的隨意開車，而此刻，這社會的脈動早就已經開始活躍了起來，午休的上班族、奔走的業務員、商家、店員……如同每天的這種時刻；然而，浩琳卻已經長眠了。他再也不會參與這世界的一分一秒了，或許，他早就不想參與這世界的一分一秒了。

他一直就活得與這世界無關，他終究還是活回他的夢裡去了。

時間眞的還在走動嗎？我想起他說。

把車停在路邊，我拿出口袋裡的那張照片，而照片的背後，寫著浩琳生前寫下的最後五個大字：原諒我的選擇。

「原諒我的選擇。」

此刻，我告訴羅媛：

「我不知道他的這句話是什麼意思，寫給誰看，我不知道爲什麼那一天之後我還要打電話給杏芙，問她知不知道浩琳去哪了，還告訴她、浩琳失蹤了。」

『或許是那時候還在夢遊吧。』

「呵。」

我一直以爲會打電話給我的人是警察或者他的家人，因爲他們終究會發現浩琳不是死於心肌梗塞而是服用氰化鉀自殺，而終究，他們會聯想到我。我甚至想像過無數次我的罪名會是什麼？

「可是他們沒有這麼做，因爲他們沒有選擇解剖遺體，而警察那邊則是直接結案，無論是心肌梗塞，或者是自殺身亡，在警察那邊那直接結案了。他們把浩琳安葬在家族的墓園裡，他回家了。」

只是我沒想到許佑瑋會主動打電話給我。我繼續說。當許佑瑋打電話給我的時候，我正在準備清理浩琳的遺物，可是那很難面對。很奇怪的感覺，當那一晚在旅館房間裡的那一刻，甚至是出席浩琳的喪禮時，我都還是有種不太眞實的感覺：好像這一切都只是一場夢而已，感覺很麻木，感覺都是麻木的。直到回家之後，告訴自己是時候整理他的遺物了，直到這一刻，直到翻看著一件件他使用過的物品，我才眞正具體的感覺到：他眞的不在了，再也不會使用這些東西了，他不會回來了。

「許佑瑋的來電讓我暫停整理的動作，不，不應該說是暫停、而是逃避才對，我就這麼放著擱著，好像只要不去整理、這一切就還只是一場夢境。接著我發現我轉而告訴自己：或許，我該替他見過你們每一個人才對，畢竟，這是他生前最後想要做的事情。我是這麼告訴你們每個人的。

「我告訴大晴我之所以這麼做，是因爲浩琳他已經沒有未來，也只剩下過去；不過現在仔細回想，或許我不是眞的想要了解他的過去，而只是想要藉著親口多說幾次，讓這件事情的感覺變得眞實吧。」

『從知道到做到，確實是需要時間啊。』

「是啊。」

各自沉默了好一會兒之後，羅婈輕聲的問：

『後來是怎麼做到的？』

「嗯？」

『妳還是面對了，不是嗎？』

「是啊，」我說：「因爲那場旅行，也因爲春捲，或者應該說是，寵物店放養。」

『嗯？』

每年的聖誕節我們都會去峇里島度假，而今年的聖誕節，我還是決定按照計畫進行，就好像浩琳還在我身邊那樣；我訂了行程也安排好假期，在整理好行李的時候還把幾樣浩琳的東西也丟進行李箱裡，這實在很傻，我自己也知道，不過我就是想要這麼做。

而最後，就只剩下春捲。

「以前都是浩琳帶春捲去寵物旅館的，而這次我必須自己帶牠去，那是我第一次走進那家寵物旅館。」

但其實它並不只是寵物旅館而已，而是一間滿大的複合式賣場，主要是販賣各式各樣寵物商品，除此之外附有個小小的二十四小時不關門的動物診所，或許這就是浩琳選擇它的原因，如果春捲突然生病的話，可以就近有獸醫看護。

「可能是要離開牠好一陣子很不忍心，也可能只是單純的想要買個聖誕禮送牠，不曉得，反正那時候我就帶著春捲在賣場裡逛了起來，我一手牽著牠、一手往籃子裡丟進各式各樣的狗零食和球玩具，眞是重死了。」

就這麼走著逛著、我們走到了二樓那處販賣寵物小狗的區塊，不知道爲什麼，我當時站在那排狗籠子前面，心情開始憤怒了起來，我從來就沒有這麼憤怒過。怎麼可以這樣子對牠們呢？把牠們關在這樣子小小的籠子裡，牠們也是生命啊！換成是把你關在這樣大小的空間裡販賣的話、你作何感想呢？

「那一刻我好像稍微有點明白了浩琳一直以來的感覺，究竟是他們想得太多，還是我們這些所謂的正常人太過痲木呢？我不是容易生氣的人，實際上這輩子也沒發過幾次脾氣，更別提像那樣子的失控過。」

『妳做了什麼？』

我笑了起來，然後告訴她：

「我把籠子一個一個打開，放那些小狗出來自由活動，然後我就牽著春捲走了，我們一起逃跑。」

她倒抽了一口氣，驚訝的看著我。

「當然牠們可能還是重新被捉回籠子裡吧、我想，這本來就是徒勞無功的做法，不過確實做了這個動作之後，我感覺身體裡**那個被困住的自己**，好像也因此被釋放開來。不過不用說的是，我之後得換一家店購物以及重新找可靠的獸醫診所了，而至於春捲則帶去我爸媽家拜託他們照顧直到我旅行回來爲止。」

『呵。』

「回來之後，我立刻開始動手整理行李以及浩琳的遺物，很多東西丟了，更多東西捐了，還有一些東西，則是留下來紀念。」

紀念他活過，紀念我們相愛過，也放手，讓他走；而我的生命，則是繼續往前走，雖然沒有他，雖然獨自走。這不是一件簡單的事情，這是一件很難做到的事情，這做來甚至很苦很痛，不過確實，這就是人生，花開花謝，緣起緣滅。而你，請放心的走，別再痛苦了，不必痛苦了。

我原諒你的選擇。

我原諒你的選擇。

我原諒你的選擇。

我原諒你的選擇。

我原諒你的選擇。

在峇里島的海邊，手裡握著這張照片，對著大海，我一次又一次的無聲吶喊，一次又一次，直到我終於喊出聲音，直到我終於哭出眼淚，直到，我終於原諒他的選擇。

而此刻，我把這張照片遞給坐在桌子對面的羅婈，告訴她：

「這張照片送妳。」

『這？』

「妳只剩下這張照片的圖片檔不是嗎？」

『但——』

「沒關係，」我告訴她，「因爲那是你們的回憶，而我，有我們的回憶。」

最後，我這麼說。

——The End——

寂寞不會／橘子作. – 初版
– 臺北市：春天出版國際, 2012. 06
面； 公分. –（橘子作品集；27）
ISBN 978-986-6000-25-6（平裝）
857.7 101010608
國家圖書館出版品預行編目資料

寂寞不會

橘子作品集 27
Loneliness won't hurt

作 者◎橘子
總 編 輯◎莊宜勳
主 編◎鍾靈

出 版 者◎春天出版國際文化有限公司
地 址◎台北市信義路四段458號3F
電 話◎02-7718-0898
傳 真◎02-7718-2388
E-mail ◎frank.spring@msa.hinet.net
網 址◎http://www.bookspring.com.tw
部 落 格◎http://blog.pixnet.net/bookspring
郵政帳號◎19705538
戶 名◎春天出版國際文化有限公司
法律顧問◎蕭顯忠律師事務所
出版日期◎二〇一二年七月初版
定 價◎220元

總 經 銷◎楨德圖書事業有限公司
地 址◎台北縣新店市復興路45號3樓
電 話◎02-2219-2839
傳 真◎02-8667-2510
香港總代理◎一代匯集
地 址◎九龍旺角塘尾道64號 龍駒企業大廈10 B&D室
電 話◎852-2783-8102
傳 真◎852-2396-0050
排 版◎浩瀚電腦排版股份有限公司

ISBN 978-986-6000-25-6
Printed in Taiwan

S P R I N G

每一本好書都是一顆種子，
春天播種在你的心田夢土上。